【群馬弁で介護日記】

認知症、今日も元気だい

迷走する父と母に向き合う日々

kibe katsuhiko
木部克彦

言視舎

プロローグ

ようやく、書く時がきた

　ようやく、書く時がきた。僕は強く思いました。
　何を書くべきなのか。「高齢者介護」という問題についてです。
　なぜ「書く時がきた」のか。
　僕は20代の新聞記者時代に、「聞きかじりで、実体験のない、上っ面の」高齢者問題の年間連載をしたことがありました。
　身体の衰え、認知症（当時は痴呆症でしたよね）、家族の介護疲れ、介護制度や施設のあり方……。僕なりに必死に書いたつもりですが、当時の記事スクラップを読み返すたびに、「ああ、青臭い駆け出し記者の耳学問と思い込みで書いた押しつけ記事だったなあ」と後悔していました。「いつかは『血が通った』『体温が伝わる』文章を」の想いとともに。

　そんな僕が、「両親の認知症」と正面切って向き合う暮らしとなりました。
　2016年秋に群馬県藤岡市に住む父・健が発症し、年末にアルツハイマー型認知症と診断されました。母・年子にも年末には「その傾向」が見え始め、翌年春にはアルツハイマー型認知症の診断が。
　ふたりの強い希望である「夫婦ふたりの暮らし」を続けるには、かなりのアシストが必要になりました。そこでひとり息子である僕が高崎市の自宅から車で30分ほどの実家に朝晩通い、食事の支度をはじめとした生活介護を受け持つことになったのです。
　ジャーナリスト稼業、明和学園短大（前橋市）客員教授、出版社稼業で、比較的時間を自由に使える身が幸いしました。かみさんの悦子はフルタイムの会社員で、平日に僕の実家へ行くことなど考えられません。ですから、

僕が担うことが自然な形でした。実家のすぐ近くに暮らしている叔母さん（母親の実妹さん）が毎日顔を出してくれます。僕たちにとっては、なんとも心強い援軍もいたのです。
「1日に朝と夜で5時間ほど介護に取られたら、その分、事務所や自宅に帰ってきてから夜中まで仕事をすればいいさ」
そんな考えですね。

そうやって1年半。
予想以上に仕事上の制約を受けながら、自分自身の葛藤と日々闘いながら、しょっちゅう弱音を吐きながら、愚痴をこぼしながら、認知症の親を介護する日々が続いています。
大変には違いないのですが、一方では、高齢者介護が社会的大命題になっている現代の日本で、ジャーナリストとして「他人事を、外野席で眺めながら書く」のではなく「自分自身が戦いのフィールドの真ん中に位置し続けながら表現してゆく」資格を得たとも言えます。
これが「書く時がきた」の意味です。

認知症？ だからどうした

人は認知症になったから「もう、お手上げだ」ということでしょうか。
とんでもない。認知症になったって「人間として、精一杯楽しく豊かに生きていける」「人としての人権や自由が守られる」、そんな社会でなければ幸せとは言えませんよね。なにせ、世界屈指の高齢社会日本なのですから。
親を診てくれた大学病院の医師からも言われました。
「日本の80代以上の4割が認知症か認知症予備軍です」
4割って、約半分ってことじゃないですか。決して「特殊な世界」ではなく、誰もが通る道だってことですね。自分自身が認知症になるのも、認知症の家族を介護する身になるのも。
だったら両親の介護で、「認知症？ だからどうした」「認知症なんて、笑い飛ばせるのではないか」という考え方で数々の仮説を立てて、その証

明のための具体行動に出よう。そんな僕たち親子の「旅」を、今だからこそ記録に残そうと考えたのです。

　高齢社会で、これだけ認知症が「一般的」になると、もはや隠すものでもありません。むしろ「病をかかえながらも、今日も元気だ」というふたりの姿を積極的に表に出すことが、社会的に役立つとも考えました。

　人生いつまでも、豊かに、幸せに生きたい。権利や自由を尊重されたい。そのためには、本人が、そして介護にあたる家族が、さらには地域の人たちが、どんな考えで、どんな生き方をし、どんな支え方をすべきか。それらについて、自分たち親子を通して考えてみようっていう「社会的実験」なのですから。

人としての権利や自由が守られるために

　認知症介護の世界で有名になってきた、フランス発の「ユマニチュード」という考え方があります。

　これについては、月刊文藝春秋2018年7月号に医師の本田美和子さんの寄稿があり、とても分かりやすい内容でした。そこには、こんな意味のことが書いてありました。

「介護される人の人権や自由が守られる」
「介護する側とされる側に、ポジティブな人間関係が築かれる」
　このための「4つの柱」と「5つのステップ」があるとのことです。
　4つの柱は「見る」「話す」「触れる」「立つ」だそうです。
「同じ高さの視線で、間近な距離から、長く見つめる」
「ゆっくりとした、やさしく歌うかのような、そしてポジティブな言葉による語りかけ」
「相手を受け入れ、気持ちを分かち合うための、包み込むような触れ方」
「人が本来持っている力を可能な限り引き出すために、1日に20分ほど立つ機会をつくる」
　なるほど、分かりやすい主張です。

5つのステップは、次のようなものです。

①出会いの準備（来訪を伝える）
②ケアの準備（相手との関係性を築く）
③知覚の連結（心地よいケア実施）
④感情の固定（ケアの心地よさを相手の記憶に残す）
⑤再会の約束（次回のケアを容易にするために準備）

　これを、自宅で両親相手の介護をする今の僕に当てはめてみると、うなずけることがたくさんあります。
　もっとも、よく考えればこの4つの柱などは、フランスの提唱者や国内のお医者さんたちに言われなくても、60年も生きてきた僕らからすれば、これまでの人生での人間関係の中で実践してきたことのような気がします。みなさん、そう感じませんか？
　だから、思いいたります。「要介護だろうか、健康だろうが、同じ人間同士なんだよね。必要なことは、共通してるんだね」という当たり前の結論に。
　「人としての尊厳」「やりがいの追求」が精一杯保証されるという、人間社会で当たり前のことが、介護の世界ではできていなかったってことに気づかされます。ともすれば、「何もできない人」といった視線を注いでいたのではないでしょうか。僕自身も含めてね。
　だからこそ、自分の親を相手に、その「逆」をやってみる価値があるってことです。「目の前のふたりは、満足に物事ができない人」ではなくて、「できないことがたくさんあるのは、誰だって当たり前。『できること』もたくさんある。それをこの先も続けられるように支えていくには」という視点の取り組みですね。

会話はすべてベタな群馬弁に

　本書では、この実験の当事者である僕や親が使っている群馬弁というお国言葉を多用しました（僕はあんまり使っていないかな☺）。できる限り

「生の声」「心から振り絞った言葉」を記述するには、日常使っている言葉が一番そぐうと考えたからです。

　方言学では、群馬弁は東京、埼玉、神奈川などとともに「西関東エリア」に分類されるのだそうです。たしかに江戸古典落語を聞いていると「ほとんど群馬弁と同じだなあ」と感じることがあります。群馬県民の多くが「群馬には方言がない」という言い方をするのは自然なことかもしれません。

　でも、群馬の地には、この地ならではのお国言葉がたくさんあります。聴いていてまったく意味が分からないものも多く、思わずニヤリとしてしまいます。

　全国各地の方言は、どれもあたたかさに満ちあふれています。方言は「なまり」などと恥ずかしがるものではなく、その地ならではの誇るべき貴重な文化です。

　そんな気持ちで、群馬の親子なのですから、会話は普段着の群馬弁にしました。そのほうが「認知症を力強く、笑い飛ばしてしまえ」につながるのではないかとも思ったからです。

　僕は両親を「父さん」「オヤジ」「母さん」「オフクロ」などではなく、「たけっしゃん(「たけしさん」の言いやすい表現で、周囲はみな、こう呼んでいます)」「年子さん」と呼んでいます。ここ何年もずっとこの呼び方です。いい年をして「父さん」「母さん」が気恥ずかしいからです。なので、本書もこの呼び方にしました。

　さて、そんなこんなの老親介護日記。
　すべては、誰にとっても「人生の終盤を、人として楽しく、豊かに、生きがいを持って暮らせる社会」を築いていくための実験なのです。

2018年初夏
木部　克彦

目次

プロローグ 3
  ようやく、書く時がきた 3
  認知症？ だからどうした 4
  人としての権利や自由が守られるために 5
  会話はすべてベタな群馬弁に 6

1 「アルツハイマー型認知症です」 13

「おめえのオヤジ、まずいぜ」	2016.11.16	13
「アルツハイマー型認知症です」	2016.12.06	14
農作業を続けながら	2017.03.16	14
父親に続いて母親も	2017.05.10	14
まんざら悪いばかりでもないんですがね	2017.05.25	15
夕方になっても、父親が帰ってこない	2017.06.05	16
母が転んで背骨骨折	2017.06.30	18
「無理なく、長続きする介護」のためには	2017.07.02	19
僕が入院したら、親はどうなる？	2017.08.03	20
アメリカ皆既日食ツアーも予定通り	2018.08.27	21

2 父親、ひとりになる 23

なっからあったんべえ？ 全部食ったんか	2017.09.22	23
いい友人を持った僕は幸せだ	2017.10.12	24
これ、持ってけえれや	2017.10.13	25
うまかった、満腹だい	2017.10.17	26
おめえの弟だんべ？	2017.10.19	27
「でっけえほうの魚をやらあ」	2017.10.24	28
そんな知恵が回るんか？	2017.10.28	29
「ちょっと待ってろい」	2017.11.01	30
柿がなっからなってらい	2017.11.03	31
精一杯の「父親の顔」	2017.11.04	32
敵もさるもの	2017.11.07	33
そりゃあ、うまかんべえ	2017.11.09	34
運転免許の返納かなあ	2017.11.11	35

しゃれたもんが出てくるじゃねえかい	2017.11.13	36
村祭りの提灯が、ちょっと悲しい	2017.11.14	37
よしない！ 返す言葉に詰まらあ	2017.11.16	38
あれをよお、天ぷらにしてみたんだい	2017.11.20	39
あさっての朝飯まで、一気に	2017.11.25	40
買ったばかりの包丁がない	2017.11.28	42
病院から連れてけえるべえ	2017.11.30	43
このクソッタレがあ	2017.12.02	44
久々の母の帰宅	2017.12.08	46
かき菜づくしに、満足の父親	2017.12.13	47
仕事相手に「なんて言い訳しようか」	2017.12.18	49
急に「うどんが食いてえやなあ」	2017.12.19	50
こんな日は「手抜き」しかない	2017.12.20	52
「おめえ、男のくせに香水なんか」	2017.12.23	53
ひとりでXマスケーキ食べたって	2017.12.24	54
一時帰宅の母親の昼食は	2017.12.26	56
ついに運転免許を返納	2017.12.27	58
やる気が出ねえやい	2017.12.30	59

3　理路不整然を楽しむ境地　62

「神様がくれた試練よ、きっと」	2018.01.01	62
母親相手に、毎日嘘ばっかり	2018.01.03	63
料理が気に入ると、酒を忘れる	2018.01.04	65
「おめえの兄貴んちだよ」	2018.01.06	66
これ、バースデープレゼントかあ？	2018.01.07	68
自転車にリヤカーつけてよお	2018.01.08	69
「張り合い」「満足感」「達成感」	2018.01.12	71

4　老境、ひとつの高みに　74

周囲が驚く「症状の安定」	2018.01.14	74
だめだ、風邪をひいた	2018.01.17	76
僕は、昔からあんたが嫌いだった	2018.01.18	77
オヤジがいない、さては	2018.01.19	79

夢で見た来客に、ふとんを敷いて	2018.01.23	81
自転車で「アレ」買いに行ったんだい	2018.01.25	82
おっかしな言動は当たり前なのだから	2018.01.30	84
おめえのかあちゃんに土産だい	2018.01.31	86
介護最優先にならない日常を	2018.02.02	87
かき菜はてんぷらが一番だ	2018.02.03	88
汁まで全部飲んだ	2018.02.05	90
「にいごお、さんごお、さんぱち……」	2018.02.06	92
「朝の9時だけど、外が真っ暗だ」	2018.02.08	94
凍みた大根売るわけにはいかない	2018.02.10	96
ひとつ高みに立ったか	2018.02.12	98
売れ残り品も、翌日完売	2018.02.14	100
父と息子で「販売戦略会議」	2018.02.15	102
「うんまかねえやい」3連発	2018.02.21	104
こうもぬかしやがった	2018.02.25	105
うどんの「こ」を持ってきてくれや	2018.02.26	108

5 なっから調子よさげじゃねえっきゃあ … 110

「出張かあ?」「まあ、そんなもんだいね」	2018.02.27	110
息子の「お下がり」のシャツを	2018.03.01	111
レジの支払いでは、やさしく対応してね	2018.03.05	113
着信表示に「ぞっとする」ことが	2018.03.07	115
汚いヒゲを剃りない!	2018.03.12	117
何やってるんだろう、僕は	2018.03.14	118
あたしなんか、いねえほうがいいやいねえ	2018.03.17	120
まいんち履く、あれがねえやい	2018.03.23	122
なっから調子よさげじゃねえっきゃあ	2018.03.26	124
早朝に目覚めた父親は	2018.04.02	125
母の帰宅を前にリフォーム	2018.04.12	126
人間、丸くなったもんさ	2018.04.12	127
傷つくなあ、「暇じゃあねんきゃあ?」	2018.04.19	129

6　母帰宅、新たな闘いの日々 ……………………………… 132
医師は「無理でしょうね」と言うが　　2018.04.21 …………132
お笑い「怒濤の1日」　　　　　　　　2018.04.25 …………133
朝っぱらから夫婦げんか　　　　　　　2018.04.26 …………135
久々の同居の幸せは「不幸の始まり」？　2018.05.05 …………137
たけっしゃん、芝居ぶてるっきゃあ？　2018.05.09 …………139
役者やのう、たけっしゃん　　　　　　2018.05.10 …………141
宝探しは果てしなく続く　　　　　　　2018.05.11 …………142
結果は「神のみぞ知る」　　　　　　　2018.05.12 …………144
母の日イベントで「年子さんへの手紙」　2018.05.14 …………146
でっけえ魚だいなあ　　　　　　　　　2018.05.16 …………148
やっぱり無理だよなあ　　　　　　　　2018.05.23 …………149
暴言を抑えるための仮説　　　　　　　2018.05.25 …………151
徹底検品、父親のために　　　　　　　2018.05.29 …………153
殴ってねえ、こうしてくれた　　　　　2018.05.31 …………155
シビアに、でもほめておだてて　　　　2018.06.05 …………157
「病院にへえるっきゃあ？」　　　　　　2018.06.07 …………159
農家の嫁のプライドを　　　　　　　　2018.06.10 …………160
僕がやらかした「失敗」　　　　　　　2018.06.11 …………162
一筋の光明が　　　　　　　　　　　　2018.06.12 …………164
ベテラン農夫の意地　　　　　　　　　2018.06.16 …………167
涙ぐましい「役者」だいね　　　　　　2018.06.21 …………169
誰だって「生きる気力」なしには　　　2018.06.30 …………171

エピローグ …………………………………………………………… 176
幸せに満ちた「成熟社会」に向けて ……………………………………176

① 「アルツハイマー型認知症です」

「おめえのオヤジ、まずいぜ」　　　　　　　　　　　　　　2016.11.16

　2016年秋、車で走っている時でした。小学校時代の同級生で、僕の実家がある藤岡市西平井で野菜農家をしている友人から電話が入りました。
「おめえんちに土足で踏み込むようなことを言うけど、勘弁してくれ。おめえのオヤジ、ちょっとまずいぜ。分かってるか？」
　心当たりはありました。
　父親の健ですが、この年の夏あたりから、どうも目線が宙を泳いでいるような時が増えてきたんです。たんなる「耄碌」とは違う雰囲気がありました。それでも、元気に野菜づくりを続けているし、僕は僕で仕事に忙殺されていたので、落ち着いて考えることのないまま、時間が経過していました。
　そんな時に、友人から「率直な忠告」が入ったのです。
「土足だなんて、とんでもない。僕も感じないではなかったんだ。態度や表情、物言いが『もしかしたら、アレかなあ』ってな」
「軽トラで畑行っちゃあ、側溝へ脱輪ばっかりで、みんながしょっちゅう助けてやってんだ。見てらんねえやい。一度、病院に連れてっちゃあどうだい」
　彼の奥さんは看護師ですから、そのあたりの知識も豊富です。そういう彼から見て、父親の異変は明らかだったのでしょう。
「電話もらってありがたいよ。みんなに迷惑かけてるんか。すぐに病院に行ってみるわ」
　これが親の認知症と向き合う生活のスタートとなりました。

「アルツハイマー型認知症です」　　　　　　　　2016.12.6

　よくよく母親に聞いてみると、このところ「20年以上前に他界した母親（僕の祖母）」が奥の部屋にいるから、「早く飯の支度をしろ」と言うようになったとのこと。
　こりゃあ、まずいわ。母親も息子には言いにくかったんでしょうね。

　さっそく市内の病院の診察を受けて、医師から明確に「アルツハイマー型認知症です」と診断されました。体は丈夫で、農作業もできていましたから、初期認知症ということなのでしょう。

農作業を続けながら　　　　　　　　　　　　　　2017.3.16

　ケアマネジャーさんの紹介を受けて契約。市役所に介護認定を申請して、2月には要介護2が出ました。そこで、ケアマネさんに介護計画を立ててもらいました。日常の生活動作は、まあまあ問題なし。母親の年子は、まだ「耄碌したなあ」程度に思える状態だったため、父親は農作業を続け、母親が家事をしきる。訪問ヘルパーさんが月曜から金曜まで1日に1時間、服薬チェック、掃除、洗濯、片づけなどの日常生活支援をしてくれる体制にしました。
　僕も、午後から夕方は、できるかぎり食事の支度に行くという日常が始まりました。
　医師の指導による治療薬「アリセプト」の1日1回の服薬が始まりました。

父親に続いて母親も　　　　　　　　　　　　　　2017.5.10

　そうこうしているうちに、母親の言動がかなりあやしくなってきました。以前からあった「物忘れ」がかなり進んで、「5分〜10分前の短期記憶がほぼない」といった状況に。物事の認知力や理解力にも問題がありそうです。

「これ、認知症の典型的症状でしょう？」
　３月には母親も病院で検査してもらったところ、父親同様に「アルツハイマー型認知症です」との診断が。

　介護認定申請はちょっと遅くなりました。
「オヤジに続いて、オフクロもかよお」
　息子としてのせつなさが先に立って、市役所に向かう気力がしぼんでいたのです。
　半月以上、ウダウダしてたかなあ。その末に申請し、連休明けの５月に要介護２となりました。母親の治療薬は、医師の判断で「レミニール」となったのです。これを１日２回。
　僕としては夕食の支度の際に、翌日の朝食の支度を。
「昼飯は、まあ、すぐ近くのコンビニで弁当でも買うか、冷蔵庫の魚でも焼いてくれ」
　こんなスタイルになりました。母親も簡単な料理はできていたので。

まんざら悪いばかりでもないんですがね　　2017.5.25

　夕方４時を過ぎる頃になると、事務所か仕事先から実家へ。車で30分ほどです。そこで夕食と、翌日の朝食の準備を。ふたりが食事をして、薬を飲むのを見届けて、また高崎に戻り仕事を。そんな日常になりました。
　元々料理が得意な僕は、自分の家でも日々の食事の支度を受け持っています。だから、実家と自宅の両方の食事の支度自体は、負担になるものではありません。休日に食材などをまとめ買いして冷蔵庫に。あとは日々ちょっとした買い物をすればいいのですから。
　実家の台所で料理をしていると、両親がずっとそばにいます。なんとか手伝おうという気持ちはあるのでしょう。「大根の皮をむこうか？」「きゅうりを切るよ」などと声をかけてきます。
　幼い子どもが、料理をする親に「私も手伝う」とまとわりつくような雰囲気です。「じゃまだなあ。居間でお茶でも飲んでてくれないかなあ」と思うこともしばしばですが、逆に「かわいらしいもんだ。まるで子どもだ

息子の料理で一杯やるたけっしゃん

な」といった気分になることも。

　日々の料理に、ふたりは「ああ、おいしい」「おめえ、こりゃあ、うんめえやいなあ」を連発しながらほおばるわけです。そんなにおいしいはずもないのですが、僕への感謝の気持ちでしょう。

　初夏の山野草の王様たるコシアブラが手に入ると、揚げたての天ぷらを出します。

「料理屋にきたみたいだいねえ」

　母親がこんなふうに言います。

「今日もすまねえな。腹がいっぺえだい」

　父親も言います。ふたりの言葉には、たしかに救われます。僕が子どもの頃、母親にこんなふうに「おいしい」「ありがとう」などと言ったかどうか、自信がありません。

（とはいえ、病はゆっくりとですが確実に進行していきました。
　ある日、母親の「直近の記憶の欠如」が、ハプニングを引き起こしたことがありました）

夕方になっても、父親が帰ってこない　　　2017.6.5

　5月下旬のある日のこと。父親が農業団体の大会で長年の功労を表彰された後、夕方になっても帰ってきません。
　いつものように夕食の支度のために実家に赴いたのですが、父親の姿が見えないので、母親に尋ねました。
「行ぎはあたしが車で送ったけど、帰ってきないねえ。誰かと夕ご飯を食べにでも行ったんじゃないのかねえ」
　ふたりとも認知症と診断され、医師からは「車の運転は道交法違反です

から、やめてくださいね」と言われていたのですが、現実にはなかなかやめられませんでした。田畑に行くのに、買い物に、病院通いに、藤岡市内でも農村部にある実家では、車は生活の足なのです。僕たち夫婦がいくら説得しても、言うことをききません。
「実家にある車を処分して、運転免許証も返納させなくてはならないな。でも、車を取り上げたらどうなってしまうのだろう……」
そう悩んでいた頃でした。

そのうちに帰ってくるだろうと、待つこと2時間。時計を見れば、午後7時すぎではないですか。
「どこかで迷っているのでは」
不安になった僕は探しに出ようとしました。そこへ、スーツ姿で汗びっしょりの父親が「えらい目にあったい」と帰ってきました。
「夕方4時すぎには大会が終わるから、その頃にむけえにきてくれって言ったんべえ。いつになってもきやしねえ。何してたんだよ」
父親は怒り心頭ですが、母親は涼しい顔。
「あたしゃ、そんな約束知らないよ」
母親は「直近の記憶が極端に低下」している状態ですから、迎えに行く約束など覚えていなかったのですね。

「1時間半も歩いてきたんだ。クタクタだい」
父親の言葉に僕は苦笑いするしかありません。たしかに、大会の会場から家まで歩けば1時間半はかかる距離です。
怒りがおさまらない父親と、我関せずの母親。ふたりがけんかになってもいけません。ここはなだめるしかないでしょ

たけっしゃん表彰で、お祝いのタイの塩焼き、カニサラダ

う。
「まあ、ずっと歩道がある道だから危なかあねえし。毎日畑に出ているだけのことはあるわなあ。それだけ歩けりゃ、たいしたもんだ。足腰の強さは、息子の俺よか上だいなあ」

この線で、ほめ倒すことでこの場をおさえることにしました。
「表彰のお祝いに、鯛を焼いてきたんだ。腹減ったんべ？　晩飯にするべえ」

僕が自宅で焼いてきた鯛の塩焼きに、カニサラダ、和え物と、息子による「お祝いの膳」です。

父親も、怒りよりも歩き疲れと空腹が勝ったのでしょう。夫婦ふたりと息子がビールで乾杯。いつものように料理に箸を。

「ボケとツッコミの漫才師じゃなくて、ボケ役同士の夫婦漫才だいなあ」

笑い顔を見せながらも、僕の胸の内は複雑です。
「夫婦できちんとした約束など、もう無理になってきているのかな。あれほどしっかり者だったのに……」

母が転んで背骨骨折　　　　　　　　　　　2017.6.30

6月24日の土曜日のことでした。

多少豪華そうな握り寿司をかかえてかみさんと実家へ。4人で寿司ランチにしたわけです。6月には「**父の日**」もありますし、プレゼントのシャツも持参しました。

それぞれが、好きなネタを取り合ってワイワイ。ここまでは、それなりによい雰囲気だったのです。

ところがその日の夕方、ある「**事件**」が起きました。

母親が庭を歩いていて、石につまずいて転び、背骨を圧迫骨折したのです。

土曜の夕方です。その日はご飯も食べずに、寝てしまったようなのです。ようなのです、というのは、僕たち夫婦がそのことを知ったのは、翌日の

日曜日の夕方、食事の支度をしに行った時だったのですから。土曜の夜は、僕がどうしても外せない会があり、実家へは行かなかったのです。

痛がり方が、打ち身や捻挫ではなさそうなので救急車の要請も考えましたが、母親が「じっとしていれば大丈夫だ」というので、とにかく翌朝一番でかかりつけの整形外科医に診てもらうことにしました。母親は脊柱管狭窄症で、長い距離を歩くことができず、治療に通っていたのです。

その医師に診てもらうと、明らかに背骨の圧迫骨折だとのこと。入院設備のある大きな病院に搬送してもらい、即入院です。

このため訪問ヘルパーさんには、急きょ「ひとり暮らし」となった父親の昼食の支度をしてもらうことになりました。

（母親は、それから2カ月半入院しました。骨折はなんとか治ったのですが、入院生活という特殊な環境は、認知症を進めてしまいました。世間でもよく聞く話です。物事の理解力の低下ははなはだしく、短期記憶はほぼなし。病院スタッフや家族の言うことを聞きませんし、特に夫への暴言がエスカレートしていきました。「問題いっぱいの患者」になってしまい、病院にはかなりの迷惑をかけました。

この後、9月の中頃には市内の老人保健施設に移りました。そこで、2018年4月まで7カ月以上暮らしました。「医療施設ではないので、規定によって認知症の治療薬は出せません」というのが老健施設側のルールでしたから、認知症が進行することは、僕らとしても覚悟の上でした。病院退院の時点でもかなり認知症が進行した状態でしたから、軽度認知症の夫のもとに帰すことなど、考えられなかったのです）

「無理なく、長続きする介護」のためには　　　2017.7.2

母親が入院したのが6月26日月曜日です。

タイミングの悪いことに、その週末の土日には、かみさんと倉敷を1泊2日で歩く計画を立てていました。

認知症の親を介護するにしても、30年も前なら「僕たち夫婦が、自分

を犠牲にしてでも」という姿勢が美徳とされていました。

今だって、「認知症の親が大けがで入院しているのに、旅行など……」という見方があるでしょう。

でも、30年以上前に老人問題を新聞連載していた20代の僕は、「それは違う」という思いで記事を書いていました。

「介護する子どもたち側がそうやってつぶれてしまっては、親子共倒れじゃないか」

だから、公的・民間のサービスを有効に利用して、「無理なく、長続きする」スタイルをつくらなきゃなりません。

まあ、僕は自分の親ですから、そこは置いといても、かみさんに過度な負担がかからないようにしなければなりませんよね。

平日はフルタイムで働いている彼女に土日をつぶさせるのは、できる限り避けるべきでしょう、それが結局は「よい介護」につながるわけですから。

僕も彼女も仕事上の宴会やパーティーが数多くあります。たまには夫婦で息抜きの旅行にも行きます。その日常はできるだけ崩さないことが、親子にとって一番大切なことに間違いなし。

その哲学で僕たち夫婦は共通していましたから、母親が入院して数日後の週末旅行を中止することなど考えもしませんでした。

母親の骨折は安静が第一。完全看護の病院ならば、自宅にいるよりはるかに安全です。1泊2日なら、父親の食事も僕がつくり置きできます。なんの問題もないわけです。

ですから、予定通り倉敷に行ってきました。ただ、この考え方が「昭和ひとけた」に通じるかどうかは自信がありませんから、説明はしませんでした。僕の県外出張としておいたのです。

僕が入院したら、親はどうなる？　　2017.8.3

7月19日から、僕は2週間入院しました。理由は「笑い話」に近いのですが（笑い話じゃないかも？）、まあ、1年ほど前からの懸案ではあり、2017年の仕事予定を眺めながら「今年だと、2週間ぶっ続けて休めるの

はこの時しかない」と４月の段階で決めていた入院でした。

「手術前日に入院すべし」の医師を拝み倒して、大学の１時限目の授業を終えて、前橋から高崎の病院へ直行。夕方に手術するというドタバタです。

もちろん、自由に外出できないというだけで、病室にパソコンや資料を持ち込みました。仕事のためです。インタビュー取材も、理由を話して相手に病室まできてもらったことが何度かありました。

この期間は、訪問ヘルパーさんが昼と夕方に実家に赴き、父親の昼食と夕食をつくってくれることになりました。朝食は夕食の残りでなんとでもなるでしょうし。それが、ここ数年のふたりの生活スタイルだったのですから。

ただ、入院については「余計な心配させてはいけない」ということで、ふたりには、やはり県外長期出張と話しておきました。実家近くに住み、入院した母に連日会いにきてくれていた叔母さん（母親の実妹さん）にだけ、入院について説明しておきました。

アメリカ皆既日食ツアーも予定通り　　2018.8.27

　８月下旬には、アメリカに９日間ほど行きました。これは、毎年恒例の「かみさんの夏休み」に合わせた旅行です。アメリカ大陸を皆既日食が横断するという天体ショーがお目当てでした。ついでにアメリカの和食人気の雰囲気を眺めて大学の食文化の授業に生かしたいという「僕の仕事上の理由」もありました。

　これも、母親は入院中で、父親の食事も訪問ヘルパーさんの対応で問題なしであることは、７月の入院で分かっていましたから安心でした。

　こうして、自分たちがこれまで通り「仕事」を続ける。そのために「息抜き・娯楽」を確保する。その状況で、主に僕が自分の時間をやりくりして両親の介護の大半を担い、かみさんにも休日を使って手助けしてもらうという介護生活を続けています。

　認知症が当たり前のこととなった高齢日本で、誰もが背負う可能性のある課題について、無理なく取り組めるためには、どんな環境や制度、考

え方が必要なのか。
　戦いのフィールドに身を置きながら、自らの課題であると同時に「社会的実験」という気持ちで、日々を送っているわけです。

❷ 父親、ひとりになる

なっからあったんべえ？　全部食ったんか
2017.9.22

　母親が入院したことによって、父親は一時的にひとり暮らしとなりました。とはいえ、大ベテランの農夫ですから、日常の野菜栽培はまだまだできるのです。この環境は心身のために維持してやらないといけません。

日曜は僕の自宅で仕事をしながら実家用の煮物を

　そこで、前述のように、生活支援の訪問ヘルパーさんの仕事をちょっと変更して、月曜から土曜まで、昼食準備と服薬チェックに1時間きてもらうことにしました。
　僕が夕食と、翌日の朝食を準備。ヘルパーさんが昼食。これで3食大丈夫です。

　9月のある日曜に、僕は自宅で仕事。「そうだ、今のうちに煮物をつくれば、自分たちと父親の両方の夕食になる」などと思いつきました。
　鍋に鶏肉もも、こんにゃく、にんじん、さといもを入れてコトコト。
　一部を和風の食器に入れて、夕方に父親のもとへ。父親は2人分はあったはずの煮物をペロリ。
「なっから（たくさん）あったんべえ。全部食ったんか」
「ああ、うんまかったい。こんにゃくによく味がしみてらあ」
「なんだい、酒、ほとんど飲んでねえじゃねえかい」
「おお、気がつかなかったいなあ」

「まあ、いいやい。そのくれえにしときない」

「そうだ、飯が炊けてるから、かんましといてくれ」

　冷蔵庫には、この日の朝食と昼食用に前夜つくったおかずが手つかず。

「朝と昼は何食ったんだい。おかずがみんな残ってるぜ」

「おめえがつくっていったカレーは食ったんだけど、ほかに何食ったっけなあ」

　まあいいか。いやいや、気がかりですが、しゃああんめえ。

「煮物の鉢は、おめえになさなきゃなんえな。俺が洗うかな」

「いい、いい。なしてくれなくても、おらがちにゃあ、器がいっぺえあらあ。それより薬飲んで、湯にへえって、早く寝ない！」

自宅でつくった煮物を実家へ

いい友人を持った僕は幸せだ　　　　　　2017.10.12

　父親の夕食と翌日の朝食づくりで実家に通う日々。でも、いつになっても頭の中で「日常」になっていません。なにげなく仕事の打ち合わせを午後４時からに設定して、打ち合わせ半ばで「いかん、父親の食事の支度が間に合わない」と焦る始末。

　今日も友人の中島林産社長・中島桂一さん明日香さん夫妻、デザイナーの戸塚良江さんと自宅で４時から打ち合わせ。

　話は白熱、「こりゃ、間に合わん」。

　そこで一計。

「中島さん、このまま話を続けて、終わったらこの合い鍵をかけて帰ってよ。あした、鍵を取りに行くから」

僕の自宅をつくってくれた建築士であり信頼できる友人である中島さん夫妻に戸締まりを託して、僕は父親のもとに。
　待ちかねた父親に、ヒラメとワカメの和え物・ニジマスの塩焼き・ポークとなすと豆腐の炒め煮を。
　父親は一杯やりながらすべて平らげてごきげん。
　頼りになる友人たちのおかげです。
　こういう友人たちがいる僕は、自分自身を「幸せ者」と呼ばすにはいられません ☺☺

これ、持ってけえれや　　　2017.10.13

　きのうのことです。
「これ、持ってけえれや」
　父親が言います。彼が畑でつくったなす、自宅にある栗の実、これは彼がゆでたやつね。それと庭にある柿の実。
「いつも世話になってすまねえやなあ」

親が強引に手渡すおみやげの野菜

　いえいえ、不肖の息子の、せめてもの償いですがな。
「ああ、満腹だ。おいしくいただいたよ」
　おや、あなたは息子に敬語を使える人だったのね。
　帰り際に、僕の車を見送る父親。
「ありがとう。気をつけてな」
　ばっかやろう、息子が照れるようなセリフを吐くなよ。

　今日の夕食とあしたの朝食をつくり終えて、6時に約束した取材相手のもとにスタートしようとしたら「こんばんは」の声。
　父親の妹、つまり僕の叔母さんの顔が。
「いんげん豆、持ってきたよんさ。あんちゃんが好きだから」

あせりつつ、しばし話し込んだら、近所の人が「お父さんが車でぬかるんだ道にはまって動けない」と。
　現場に駆けつけ、僕が運転を代わり、近所の３人に車を押してもらってぬかるみから脱出。でも、おかげで取材に15分遅刻。遅刻の理由なんて人に言えるか！☹。実は毎日、この連続なのです。

うまかった、満腹だい　　　　　　　　　　　　　　　2017.10.17

「畑でとれたブロッコリーだ。うでて炒めりゃあうんめえだんべ」
「ああ、豚タン買ってきたから、キャベツやなすと炒めてみるべえ」
「畑じゃあ、しばらくブロッコリーがとれらい。おめえも持ってけえれや」
「ああ、そうすんべえ」
「おい、その茶色いかたまりはパンか？」
「これはよ、栃尾の薄揚げっつって、厚いのに薄揚げだ。焼いて刻みねぎ、しょうが、しょうゆで食べるんさね。うんめえだろう？」
「ああ、ほんとにうんめえや」
「このシコシコしたのはなんだんべねえ」
「ハモのすり身を、揚げたばっかりだ。お手製のさつま揚げだな」
「ハモ？　なんだか分かんねえけど、うんめえや」
「そうだんべえ」
「今夜は珍しいものばっかりだけど、どれもうんまかった。腹いっぺえだ」
「そりゃあよかったい。好みに合わなくて、せっかくつくったものをぶちゃあられちゃあ、かなわねえからなあ」
「そんなことすりゃあ、バチが当たらあ」
　実家では、群馬弁多用のほうが、父親がうれしそうです。田舎言葉で、息子と農業や食事の話をしたかったのでしょうね、何10年も前から。

おめえの弟だんべ？

2017.10.19

　父親から電話。
「よお、いつも晩飯つくりにきてくれてるんは、おめえの弟だんべ？」
　おいおい、僕の弟、つまりあなたのふたり目の息子は、半世紀以上も前に生後1歳半で他界したでしょうが。
　これはいかんなあ。刺激を与えなきゃ。

　そこで夕食後の会話。
「今日は遠くへ行ってたんか」
「ああ、倉渕の奥でトマトの無農薬栽培してるおじさんに会ってた。そのトマトでつくったトマトジュースがうんめえのなんの。でもトマトづくりは大変だいねえ。たけっしゃんなら分かるだんべ？」
「そりゃあ大変だんべ。夏なんか草がほきて（のびて）きて、始末に負えねえだんべなあ」
「ああ、そう言ってた。でももう30年もやってるとよ。売値は高えけんどな」
「高けりゃ誰も買わなかんべ？」
「チラシ1万枚つくって、都会の住宅街を歩いたと。一生懸命だいなあ」
「それだって、固定客つかむんはおおごとだんべ」
　おお、固定客なんて言葉を久々に口にしたね。
「あのトマトジュースはすげえや。ありゃあ世界一うんめえぜ」
「俺だってトマトぐれえつくれらい。おめえも食ったじゃねえか」
「おお、そうだったいなあ。あれはうんまかったいねえ」

こんなに甘いトマトがつくれらい

「おめえ、そのトマト持ってねえんきゃあ？」
「家に置いてきちゃったい。あした持ってきてやらあ」
　農業70年余の父親、闘志に火がついたようです。

　よしよし☺☺。

「でっけえほうの魚をやらあ」
2017.10.24

　朝の9時に実家へ。父親を某クリニックに連れて行く日。実家に着いたら、父親は楽しそうに庭の柿の実をとっている最中。
「何してんだや。医者に行ぐ時間だがね」
「あれ、そうだったかい。忘れちゃったい」
　冷蔵庫をのぞくと、朝食用のおかずがそのまんま。
「朝飯食ったんかあ？　朝の薬も飲んでないぜ」
「いいやい、飯は」
「よかねえやい。医者は逃げやしねえから、飯でも食いない。みそ汁あっためるから」
　仕方がないから僕もみそ汁だけおつき合い。
「朝飯きちんと食ってからなんて、息子が親に言うセリフじゃあねえなあ。あべこべだ」

朝飯はシンプルにいこう

　今日もスタートからドタバタ。昼過ぎに高崎に戻って仕事4時間。夕食の支度のためまた実家へ。

サバの塩焼き、薄揚げの網焼き、炒ったむかご。
「なんだあ、この豆みとうなんは」
「むかごだよ、むかご。ちっとんべっきゃあねえけど、うんめえだろう」
「ああ、こりゃあ塩がきいててうんめえや」
「サバがでっけえからふたつに切った。ほれ、でっけえ方をたけっしゃんにやらあ」
　僕の配慮など耳に入らぬか、サバがうまいか。一心にサバと格闘する父親。
　大昔は、彼が僕に「おめえにでっけえのをやらあ。とうちゃんはこっちのちっちぇえんでいいや」って間違いなく言ったのにね。
　逆転しちまったいなあ、たけっしゃんよお。

そんな知恵が回るんか？　　　　　　　　　　　2017.10.28

　夕食を終えた父親が突然言い出しました。
「そうだ。朝炊いた飯が炊飯器に残ってるぜ。保温のスイッチ切ったほうがいいんだいなあ」
　父親からこんなセリフが出てくるとは予想していませんでした。
「そうだいね。炊いた飯を３日くれえ保温しっぱなしにしてたろ、こないだまで。変なにおいがする飯を食おうとしてたよな」
「おめえはすぐぶちゃあろうとするからなあ。もってえねえ。第一、ぶちゃあられちゃあ、食いもんがおやげねえやね（かわいそうだねえ）」
「腐った飯を食わせて、たけっしゃんが腹でもこわしちゃあいげねえからぶちゃあるんじゃあねえか」
「そうかあ？　もってえねえがね。水で洗やあ、食えらあ」
　たしかに、僕が子どもの頃、古くなって異臭を放つご飯を水で洗って食べることは珍しくなかったんですね。
　ほとんど、おまじないの世界ですよね。
「今、そんな飯は食わねえさ。たけっしゃんも成長したな。飯のことに気がまわるようになったんかい」
　失礼ながら、そういう知恵はまわらないと見くびっていました。これま

で、保温しすぎていたんでいた飯を積極的に捨てていた僕の行動が役に立ちました。

　ご飯を保温したまま、炊いた翌日も翌々日も食べる光景をなんとかしようと悩んでいましたから。

「炊飯器の保温スイッチを切ってさ。あしたの朝メシ用に茶碗に1杯盛ってラップかけとくから、朝飯を食う時にレンジで1分な。後はラップにくるんで冷凍しようや」
「そうすりゃあ、長くもつし、あっためてすぐに食えるようになるんか」
「ああ、『レンジで2分でご飯』とおんなじようなもんさね」
　ご飯の冷蔵と冷凍を覚えてくれれば、これはもう大変な進化なのですよ。

「ちょっと待ってろい」 　　　　　　　　　　　　2017.11.1

「ちょっと待ってろい」と父親がバラックへ。何やらかかえてきて「これ、持ってげや」。
　見れば、ミニ大根と言うか姫大根とでも言いますか、大人の親指大の鮮やかな紅色の大根、細長いラディッシュと言ったらいいでしょうか、そんな野菜を両手に抱えています。
「おお、姫大根じゃあねえかい。おらあ大好きなんさ、これ」
「ああ、こないだそう言ってたんべ。畑でいっくらでもとれるんだ。塩漬けにしてみた。食うか？」
「食うも食わねえもねえやい。それ、全部持ってけえらあ。うんめえんだいねえ、このちっちぇえ大根の塩漬けが。店でもあんまり売ってねんだい」
「畑になっから（たくさん）あるぜ。おめえだけじゃあ、食いきんねえやい」
「塩漬けもいいけどよお。今度とってきたら、生のまんま持ってけえるわ。みそでもちっとつけて食やあ、ほかに酒のつまみがいらねえよ」
　大喜びで塩漬けをビニール袋に詰める息子を、しわだらけの老いた父親が満足そうな顔で見つめる。

久々に復活した「父親のまなざし」……☺☺。

柿がなっからなってらい　　　　　　　　　　2017.11.3

「庭の柿がなっからなってるんで、バラックの屋根にのぼってとってるんだ。10個袋に詰めて200円だ。直売所で評判がいいんさ。よく売れるんだい」

　何年か前に牛舎だった建物の屋根から落ちて足を折った「前科」のある父親。バラックの屋根はおすすめしないのですが、何から何までダメっていうわけにもいきません。

「まあ、気をつけてやんない。落ちたら、こんだあ命取りだぜ」

　こう言うのが精一杯。

　先日は北海道の業者からのシャケと松前漬けの電話営業に楽しそうに応じていた父親。

　この手の電話営業は、商品が届けば「値段の割に貧相だな」とガッカリすることが多いのですが、電話の相手と楽しそうにやりとりしている姿を見るとむげに止められません。

　母親が入院中で会話に飢えている父親にとって、数少ない気晴らしなのかもしれませんから。

「セットで8000円か。まあいいやい。そんなくれえなら、たけっしゃんにだって払えるんべ。財布に金はへえってるんかあ？」

「ばかにするない。ほれ、ちゃんと10000円へえってらあ」

　おみそれしました。僕の財布にはいつも4000円から5000円くらいしか入ってないもんですから。

「大根もよお、4本直売所に持ってったんだ。110円で売れると思ったけんど、農協の人が100円にしろとよ。おらあ、110円で売れると思うんだけどよ」

　父親のやる気は大切です。

　でも、もう畑や直売所に行くための車の運転を、本気でやめさせなくてはなりません。

さてさて、この旺盛なやる気の維持のためには、どうしたらいいか。
僕が早朝実家に行って車に乗せてやらなければならないのか。
僕自身の仕事を考えれば、そんなことが果たして可能か?
悩みは深まる一方。
そんな息子の悩みを知ってか知らずか、父親は笑顔で言います。
「おめえ、柿、持ってがねっえきゃあ。うんめえぜ」
うまいのは、分かっていますがねえ。僕の悩みは柿どころじゃないのよ。

精一杯の「父親の顔」 2017.11.4

「息子さんがくると、うれしそうだいねえ、お父さん」
昼食づくりにきてくれるヘルパーさんが笑顔で言います。
照れくさいのでしょう、父親は「そうでもねえけんどよお」と。
ヘルパーさんがつくってくれた昼食を食べながら、「息子さん」が気になるようで、
「おめえ、昼めし食ったんきゃあ」
「まだだい。ゆっくり飯食う暇なんざあねやい」
「いっくら忙しくたって、飯は食ったほうがいいやなあ」
精一杯の父親の顔。

この日と翌日は僕が仕事で夜まで忙しいため、正午前に実家へ。
その日の夕食と翌日の朝食のおかずを持ってきました。
「お父さんがバラックの屋根に登って柿をもいでるんだけど、近所の人がハラハラしてるみたいですよ」
「分かってるんですけどね。止めようにも、言うこと聞かねえからなあ」

ミニ大根に笑顔

ヘルパーさんとのやりとりを聞いていた父親が言い出しました。
「柿の木のてっぺんにいくつか残ってるだけだから、もうやめべえ」
「ああ、そうしない。後は飛んでくる鳥に食べてもらやあいいがな。ちったあ、せがれの言うことも聞きない」

「ほれ、おめえが好きだっつてた赤え大根な。引っこ抜いてきたぜ」
「そうかい。塩漬けじゃなくって生のまんまがいいやい」
「バラックになっからあるぜ。好きなだけ持ってぎない」
　なるほど、ちょっと大きくなりすぎたかなあ、といった雰囲気の姫大根。これにみそをつけてかじる。
　今夜も飲み過ぎになるなあ☺☺。

敵もさるもの　　　　　　　　　　　　　　　　　2017.11.7

「高いところにある柿をとるんはよすべえ」
　そう言った父親ですが、敵もさるもの。
　きのう、実家に行ったら父親はバラックの中。山積みの柿を前に、ノンビリ皮をむいているじゃないか。
「ほれ、おめえも食えや。うんめえから」
「たけっしゃんよお、もうとらねえって言ったんべ」
「それがよお、裏庭の柿の木は、まだいっぺえなってるんで、とり始めたんさね」
　そうでした。実家の裏庭にも柿の木があったっけ。差し出された柿は確かにうまい。
「うんめえなあ、ほんとに」
「まだ、なっからあるぜ。とりきんねえやい。小せえ袋に詰めたんだけど、まっとでっけえ袋に入れ直さなけりゃあ

ほれ、柿を食えや

ならねえんで、袋をぶっちゃばいて、やり直しだい。詰め直したのをひとつ持ってぎない」
　返す言葉に詰まるね☺☺。

「おめえは、今日はきねえんかと思ったぜ」
「きらんねえ時は、きねえって言うさ」
「ほうか、まあきてくれたんだから、大根も持ってけえれや。先の方がちっとんべだけ割れてるけど、でっけえ大根だい。食いでがあるだんべ」

そりゃあ、うまかんべえ　　　　　　　　　　　　2017.11.9

　毎日、なんらかの薬を飲む人は多いものです。父親の薬は年齢からすれば少ないほうでしょうか。朝3種類、昼4種類、夜1種類。1週間分の薬箱に整理して入れるのですが、よく飲み忘れます。
　夕食後、食卓に「朝のくすり」と紙に書いて薬を貼り付けておくのですが、よく忘れます。
　もちろん、僕だって自分の薬の飲み忘れってよくあるから人のことは言えません。
「たけっしゃんよお、また薬飲むのを忘れてらい。食卓の上に置いといたじゃねえっきゃあ」
「あれえ、飲んでなかったんきゃあ。分かんなくならいなあ、おおかあ薬があるとよお」
　こんなやりとりの繰り返し。イライラしたって仕方がないよね☺☺。

　いいことも書きましょう。
「こないだもらってった赤えちっちゃな大根な、塩漬けしてみたんだい。ひと晩漬けといて食ってみたら、いい感じになってたぜ」
「そりゃあ、うまかんべえ。俺がつくった大根だからなあ」
　農業歴70年余のプライドがのぞきます。
　おかげで、僕のほうは酒が進み過ぎていけません☺☺。

運転免許の返納かなあ　　　　　　　　　2017.11.11

　実家がある農村で野菜づくりに励む友人から電話が。彼は父親の異変を忠告してきてくれたうえに、その後もずっと様子を気にかけてくれる頼もしい存在です。
「まいんち、オヤジさんの様子を見てるけど、気づかねえっきゃあ？　ここんとこ、かなり変わってきたんべ？　もちろん、いいほうに」
「ああ、息子としてもそう思わいなあ」
「たまに畑で声かけるんだけどよお。直売所で大根がよく売れるってごきげんだぜ」
「たしかになあ」
　これはこれで、喜ばしいこと。
　ただ頭痛の種がひとつ。
「だけどよお、直売所に野菜持ってぐには、車を運転しなきゃなんねえべ。年末で運転免許が切れらあ」
「今のオヤジさんの運転ぶりじゃあ、更新はできねえだんべえねえ。見てるこっちが冷や汗もんだからなあ」
「そうだいねえ。やっぱり、近々に免許返納だよなあ」
「だけどよお、直売所に行けなくなったら、今の笑顔が消えやしねえかなあ」
「息子としても、そこが一番頭の痛いところさね」

　打開策はなくもなし。実家から近い直売所に、朝の8時に野菜を持ち込むのだから、僕が朝7時半までに実家に行き、たけっしゃんと野菜を車に乗せて直売所に向かえばいいだけのこと。
　とはいえこれが日課になったら、今でさえ大変な支障が出ている僕の仕事はどうなるのよ。
「おめえ、俺の大根は直売所で評判らしいぜ」
　得意げな父親。
　運転免許返納と同時に「直売所を卒業しな！」と言っていたのですが、この笑顔を見せられると……。

しゃれたもんが出てくるじゃねえかい　　2017.11.13

　日曜昼は、冷凍しておいた鶏肉、キャベツ、きのこ、ねぎ炒めどっさりのしょうゆラーメンに。
「おお、しゃれたもんが出てくるじゃねえかい」
「たまにはラーメンもいいだんべ。野菜大盛りだい。いっぺえ食ってくんない」
「ああ、なかなうんめえやなあ。昔はこういうラーメンは家で食えなかったいなあ」
「そうだいなあ。即席ラーメンはなっからあったけど、生麺が出てきやしなかったいなあ」
「おめえが子どもの頃は、店で食うこともなかったいなあ。ここみてえな村にゃあ、食堂もねえしよお」
「藤岡の町ん中にタケウチっていう肉屋があったんべえ。店の中が食堂でさ。たけっしゃんと年子さんと3人でラーメン食ったいねえ。年に何回もなかったけどな」
「そうだったっきゃあ。今はねえだんべえ？」

野菜大盛ラーメンをすする

「もう閉めっちまったんべなあ」
　小学生の僕と、30代の両親の姿が目に浮かびます。
「ああ、うんまかった。汁ごと平らげちまった」
「よく食ったなあ。腹いっぺえじゃあねんきゃあ。昼寝でもするかい」
「ああ、そうさしてもらわあ。またつくってくれや」

村祭りの提灯が、ちょっと悲しい　　　　　2017.11.14

　この日は実家のある藤岡市西平井の三島神社秋の大祭。
「お祭りの日だから、近所の人がいろいろつくって差し入れてくれているのでは」
　そんな予想をしていました。期待にたがわず、赤飯や煮しめやうどんなどがすでに食卓に。
「おめえよお、みんながいっぺえ持ってきてくれたんで、こんなにあらあ。なんかつくってくんなくもいいぜ」
「ほんとだいなあ。これだけありゃあ俺の出る幕がねえやね。今夜はこれでいっぺえやりゃあいいがな」
　僕の自宅の夕食と兼用で買ったマグロのブツに、もうそろそろ消費期限のやまいもをすってかけた「山かけ」だけつくって食卓に。
「煮しめも赤飯もこんなに余ってらあ。おめえ、持ってけえれや」
「そりゃあ、ありがてえ。おらあ赤飯が大好物だい」
「ああ、持ってけえってくれや。いつも世話になってる礼にもなんねえけどよ」
「たけっしゃんの晩飯、横取りしてすまねえな」
「いいんだい。おらあもう腹いっぺえだい」

　外から大きな音が聞こえてきました。
「花火が始まったい。おめえがちっちぇえころ、手えつないで見に行ったいなあ。せがまれて焼きまんじゅう買ってやったら、おめえ、服をみそだれでベトベトにしたなあ。『うんめえ、うんめえ』って笑いながらよお」
「ああ、よく覚えてらあ」
「お祭りだけど、おめえは車でけえるから

祭り提灯が寂しそう

いっぺえやれねえやなあ」
「わりいなあ。うちにけえって今夜中に仕上げなくちゃあならねえ仕事があるんだい」

　ほんとは、一杯つき合って代行運転で帰るべきところですが、今夜はどうにも……。タイミング悪いね。
「わりいけど、けえらあ」

　家の門口に掲げたお祭りの提灯。うすぼんやりした灯りは、父親のせつない胸の内かもしれません。

よしない！　返す言葉に詰まらあ　　2017.11.16

　実家の玄関から台所に向かうと、こたつがある居間でテレビの大相撲中継を見ていた父親が台所に入ってきます。

「今日も大根がよく売れたんだい。何本かとっといたから持ってけえれや。誰かにやればいいやな」

大根がよく売れたんだい

「ああ、そうだいな。もらってぐべえ。みんな大喜びだい。『すっげえ大根だなあ』ってよお」
「そうだんべえ。よく育ったいなあ。ありゃあ、畑の土が大根に合ってたんだいなあ」
「よかったんべ、あそこに大根の種まいてよ」

　あそこってのは、この春に借りた休耕地。年末には自動車運転免許を返納せざるを得ない父親のために、実家のすぐそばの休耕地を借りたのです。そこへ、夏に大根の種をまいたのですが、出来がよいとのことで、父親はごきげんです。

「今日はよお、入院した親戚の見舞いに行ってきたい。医者の言うこと聞いてわがまま言うんじゃねえぞって説教してやったい。それっから、年子

んとこに寄ってきた。今日は、あんべえがよさげだったいなあ」
「そりゃあよかったいなあ。ちっとっつよくなるだんべえ」

　僕が夕食の準備をしている間、父親は今日の行動報告。まるで学校から帰宅した小学生が親に「学校であったことを言わなきゃ気が済まない」っていう感じでそばから離れないような雰囲気です。
「毎日毎日わりいなあ。おめえがきてくれるんで、おらあ大助かりだ」
　食事を終えた父親が、帰ろうとする僕にポツリ。
　よしない！　返す言葉に詰まるじゃねえかい。

　今夜は今年一番の冷え込み。鶏肉のみそちゃんこ鍋にしたら、
「鍋がうんめえから、もうちっとんべだけ飲むかな」
　手酌で酒をお代わり。
「大根、もらってけえらあ。ふた晩くれえ煮込んで、持ってきてやらあ。さみいから、あったかくして寝なよ」

あれをよお、天ぷらにしてみたんだい　2017.11.20

「ほれ、あれをよお、天ぷらにしてみたんだい。天ぷらを自分でつくるんは、初めてなんだけどな。どうだい、食えるかなあ」
　たしかにコンロには天ぷら鍋が。その横に緑色した揚げ物がてんこ盛り。
「あれってのはなんだいねえ。ん？　これかあ、青菜だなあ、春菊かあ？」
「それそれ、春菊っつったいなあ。よくそば屋の天ぷら盛り合わせに出てくるじゃあねえか。パリッとしてうんめえやつよ」
「だけどよお、衣つけたんかあ？　衣が見えねえで、葉っぱだけじゃねえかよ」
「戸棚に天ぷら粉っつう袋があったから、袋をひっちゃばいて、中の粉あ、ちっとんべだけ菜っ葉にかけてな。油ん中にほりこんでみたんだい」
　豪快すぎる男の料理だなあ。
「なっから（とても）ベトベトしてんなあ。どのくれえ揚げたんだあ？」
「そうだいなあ、4分か5分か、長く揚げてたんべなあ。生じゃあよくね

えやい」
「肉や魚じゃねんだから、サッと揚げりゃあいんだい」
「そうかい、やったことねんだから仕方なかんべえ」
「それに、揚げた春菊置いてあるこれ、皿じゃあなくて、鍋のふたじゃあねえかい。油切りの紙も敷いてねえし、ちっと油っぽすぎらあなあ」

　まあいいよね。83歳にして人生初めて揚げた天ぷらだからね。一緒に食べようじゃないですか。

　そういやあ、ここんところ天ぷらをつくってなかったなあ。それで自分でつくったってわけか。

「いいやい。あんまりベトベトしてねえところを食やあ。夕飯にすんべえ」
「ああ、そうだいなあ」
「だけどよお、ひとりん時は揚げ物つくるんはよしない！　危せえやい。俺がいる時、衣も用意してよお、ちゃんとつくってみようや」

あさっての朝飯まで、一気に　　　　　　　　　　　2017.11.25

　きのう、仕事上のお客様と午後に安中市の松井田へ。
　現場で議論が盛り上がって、かなり遅くなってしまい、高崎市倉賀野町のお客様の家まで帰りついたのが午後5時。
　親しい相手だから、ひと言。
「打ち合わせはあさっての月曜にしましょう」
「なんで？　資料は用意しているんですよ。1時間で終わるし」
「こういうことを仕事の場で口にしてはいけないのですが、父親の夕食をつくりに行かねばなりません」
　このところ、この連続です。
　これを繰り返していると、いつかはお客さんをしくじるだろうことは、分かっています。でも言わざるをえないのですよ……。

　さて今日は土曜日。あしたの日曜は、午前から「和食の日」のイベントで講演。夕方も、ある総会出席のため、一日中実家に行く時間なし。

ってことは、今日の夕食、あしたの3食、あさっての朝食までを用意しなくてはなりません。

　なんでもいいからつくっておかねばなるまいって。父親の夕食を簡単な品でしのいで、彼が食べている間に、厨房で格闘に終始。

「たけっしゃんよお、いろいろつくっといたい。この時期だから、冷蔵庫に入れなくってもよかんべえ。食卓の上に全部並べとかあ。あさっての朝まで、どれでもいいやい。適当に食ってくんない」

「いいよ、なんとかなるからよお」

「ぶり大根の鍋は、このままコンロであっためてくれや。焼き魚や揚げもんはレンジで1分な。あしたの昼飯用に、こないだつくったカレーを解凍して鍋に入れてあるから、これあっためて食いない！」

　間違えないように、ちゃんと食べてくれればいいのですがね。

　食後の薬も全部仕分けて食卓に並べてきましたが、ちゃんと飲んでくれるかなあ。

　さばの干物焼き。サラダ。かぼちゃの煮物。だしをとった後の昆布の細切り和え。大根の漬物。ポテトサラダ。エビとホタテのフライ。ぶり大根の鍋。ビーフと野菜のカレー。

　プラス、アサリと豆腐のみそ汁とご飯。これでなんとか4食いけますかね☺☺。

日曜の3食と月曜朝食を一気に

　最後に厨房を片づけてたら、隅から卵が2個。

「しまった。だし巻き卵を焼くのを忘れた……」

　この後自宅に帰って、自分ちの夕食づくり。

　今日の父親の夕食と、翌日の3食、翌々日の朝食、そして自分ちの夕食の合計6食かあ。ちょっと疲れたなあ(^^♪

買ったばかりの包丁がない　　　　　　　　　　2017.11.28

　父親の夕食をつくろうと、台所に立って、野菜を切ろうとしたら包丁が見つかりません。
　以前から使っている包丁が３本あるのですが、刃こぼれがひどい。切れ味がよい物が１本あるにはあるのですが、見てくれもよくないし、細かなカットには、やや不安も。
　第一、昼食づくりにきてくれているヘルパーさんには、ちょっと申し訳ない。
「１本くらい、新しい包丁を買ってくるかな」
　と、先日ホームセンターで2000円程度の物を購入。今時の包丁は高級品でなくてもよく切れて長持ちします。
　その新品が見当たらないのですよ。

「たけっしゃんよお、またバラックに包丁持ってったんべ。１本もねえがな。これじゃあ、飯の支度ができねえや」
　そうなんです。直売所に持って行く大根の葉っぱを切ったりするので、バラックに包丁を持って行って、そのまま置き忘れてくるんです。これが日常茶飯事なので、やりきれません☺。
「俺がめっけてくらあ。おめえは料理してない！」
「ああ、じゃあ頼まあ」
　包丁なしでどうやって夕食をつくろうか。
《毎日包丁を買わなきゃならんのか、このクソッタレがあ》（と誰もいない台所で声に出すと、ちょっとだけスッキリしますよ☺☺）。
　かといって怒ったって意味がなし。イライラしていた僕の前に、父親が戻ってきました。
「これしかめっかんねえやい。これで間に合わせてくれや」
　刃こぼれした古い包丁の中でも比較的切れ味がよいやつです、手にしているのは。
「ああ、これはよく切れるやつだい。あしたのヘルパーさんのこともあるから、後でめっけに行ぐかあ」

まあ、いいですよ。この包丁があれば。

　無事夕食が済んで、薬も飲んでこたつの前に。1週間分の薬を朝昼晩に分けて入れる箱にセットして、今日の作業完了。
「おらあ、けえるわ。あったかくして寝なよ」
　そんな言葉をかけて、こたつから出て立ち上がったら、初めて気がつきました。こたつの上に、なななんと新しい包丁が横たわっているではないですか。
「たけっしゃんよお、ここにあったじゃねえか、包丁が」
「あれえ、俺が置いたんかあ、こんなところによお」
　あなたが置かなくて誰が置いたというのよ。
「昼間、こたつにあたってリンゴでもむいたんだんべ。まあいいやい、見つかりゃあ」
「そうだいなあ。おめえ、リンゴがいっぺえあるぜ。食ってがねえっきゃあ？」
　無邪気なもんです。
　腹も立ちませんが、リンゴを食べる気にもなりませんや☺☺。

病院から連れてけえるべえ　　　　　　　　　　　　　2017.11.30

「年子だけどなあ、あしたでも俺とおめえで病院行って、うちい連れてけえってくるべえ。年子もけえりたがってるしよお。泣いてんだい」
「たけっしゃんなあ、無茶あ言うない。折れた背骨がまだ治り切ってねえやい（背骨骨折は完治していますが、うそでごまかします）。病院だって帰らせちゃあくれねえよ」
「そうかい。今日も俺が行って、世話してるおばさんに『連れてけえる』っつったら『息子さんから頼まれなきゃあ無理よ』だと。おめえ、頼んでくれや」
　無理言うなよ、たけっしゃんなあ。要介護2で認知症が進んでいる母親を、要介護2の父親が暮らす実家に戻せるわけないじゃないか。僕が24時間張りつける環境じゃないしね。

「うちにけえれねえわけじゃねえよ。だけどなあ、うちん中もちっと直さなきゃあ、危せえやい。ゆっくりかんげえべえや」

デイサービス施設の最大限の利用で、もしかしたら家に帰ることも可能か。そんなことをケアマネさんにも相談したばかりだしね。

こんなやり取りをした寒い日の夕食は、「あん肝鍋」。

しょうゆ味の汁に、白菜、ねぎ、しいたけ、豆腐を入れてさっと煮て、あん肝を置いて、ひと煮立ち。ほうれん草も古くなってきたから入れましょう。

あん肝は500円玉を3枚重ねたくらいの大きさの物が6枚で250円。鍋に3枚入れて、残る3枚は持ち帰って、わが家の遅い夕食のおつまみにしましょう。

「そうかい、まだ退院はできねんかい」

「すぐには……、なあ」

僕は父親の目を見ないまま、口ごもるように。

そんな寒々とした会話の後だけに、日頃は僕もかみさんもうまいと思うあん肝鍋も、父親には、今ひとつのようです。いつも以上に、酒も進まないし……。

あん肝鍋

このクソッタレがあ 2017.12.2

さあ、夕食をつくろうと、実家の台所に立つ。きゅうりとたまねぎを切り刻もう。

ところが……。

「クソッタレがあ、今日も包丁ねえじゃねえかい。また大根の葉っぱ切るんで、バラックに持ってってるんだんべえ」

怒ってもイライラしても意味がない。分かっちゃあいるけど……。

「包丁なしでサラダができるか！ 魚が切れるか！ クソッタレがあ。まいんち家から包丁持ってこいっつうんか！ このまんま包丁めっかんな

かったら、近くのコンビニ行って、弁当買ってやる。料理なんぞやってられるかい」
　バラックを探しても見当たりません。イライラは募るばかり。そのうち父親が外から帰ってきました。
「おーい、きてたんかあ。包丁？　ほれ、ここにあらあ。さっき、畑でとったばかりの大根の葉っぱ切ったんさあ」
《何言ってやがんだい。こないだ買った包丁は台所から持ち出すなっつったじゃねえかよお》
　と怒鳴りつけたいわい。
「なんだい、そこにあったんかあ。大根いっぺえとれたんかあ。すげえじゃねえか」
　顔で😀って、心で😂いて。
「そうだい。直売所でも評判いいからやりがいがあらあ。だけどよお、直売所も、いまちっと売り方をかんげえりゃあ、まっと売れるぜ」
《うるせえ、そんなこと聞いてねえや。包丁持ち出すなっつってんだよ》
　そうだいね。あんたのつくった大根はたしかに立派だ。
「まあ、いいやい。直売所の人も一生懸命やってるんさ。売ってくれるんだから、ありがてえじゃねえか」
「でもなあ、もうちっと、つくる俺らの気持ちんなってくれてもよかんべえ」
《うるせえ！　ぜえたくな文句ばっか言ってろ。そのうち出入り禁止になればいいや》
　はあ、「つくる者の気持ち」ねえ。そりゃあ、正論ですがな。
「たまには、文句言ってやんない。職員さんの参考になるだんべ。いいことだい。建設的提案ってやつさね」
　トホホホホ。

「どうでもいいけど、バラックん中あ、ちっと変な匂いがしねえかい」
「そうかあ？」
　よく見れば、かたすみに柿の実がたくさん入ったカゴが。ひと月も前に一生懸命とってた物の残りでしょう。すっかり腐ってドロドロ。悪臭の原

因はこれ。
「だめだい、こんな腐ったんを置いといちゃあ。捨てるべえ」

　腐った柿の山を手づかみでゴミ袋に。気をつけていたのですが、ライトグレーのパンツ（最近、ようやくズボンをパンツって言うことに抵抗がなくなりました）にシミが２カ所。
《チクショー、おめえが腐った柿を捨てねえから、汚れちまったじゃねえか。クリーニング出しても落ちねえぞ、これ》
　今度は顔で☺って、心で☹って。
「これでいいやい。匂いもなくなったんべ」
「そうだいなあ、片づけなくちゃあなんねえと思ってたんだけどよお」
《うるせえ、だったらサッサと片づけとけよ。この、クソッタレがあああ》

久々の母の帰宅 　　　　　　　　　　　　　2017.12.8

　背骨骨折による入院から、今は老健施設でリハビリ中の母親が、昼間だけの１日帰宅。
　食べ物をかんだり飲み込んだりする力が低下しているという判断から、日頃はおかずを刻んで食べやすくする刻み食。まあ、正直なところ味気ない食事ですよね。
　食事拒否みたいな態度が目立ちます。職員さんがひと口ずつスプーンで口に運ぶ食事介助の日も多いのです。
　今日はどうなるのかなあ、とそれなりに不安でした。
　ともかくは、お粥。おかずは焼きジャケ、だし巻き卵、具だくさんのけんちん汁。こんな感じの昼食にしました。シャケはほぐして、けんちん汁の具であるエビ、さといも、にんじん、こんにゃく、れんこんも、いったん鍋から取り出して小さく切り直してみました。

「うんまいねえ。このお汁。さといもがやっかくって。味もいいやいねえ」

「そうだんべえ。だし巻き卵は分厚いけどスプーンで切れらあ。ちっとんべでいいから食ってみない！」

「あれえ、やっけえ卵焼きだいねえ。これなら箸でも切れらいねえ」

　母親はお粥の茶碗を手で持って、箸を差し出しておかずをつかむ。周囲の介助不要の食事。ここ5カ月の入院生活ではなかなか見ることのできない光景です。

　胸中複雑です。僕が同居でもしていれば、在宅も可能でしょうが、今の父親とのふたり暮らしではなんとも……。

　午後、老健に連れ帰った際には「なんだい。家で寝るんかと思ったら、違うんかい。あたしひとりで寝るんかい」と不満顔。

自分で茶碗と箸を持つのは久しぶり

　そんな訴えを背に、仕事に戻るのは、それなりにつらいものですね。「楢山節考」のシーンが浮かんでこないでもないし。

　具を小さく刻んだけんちん汁、本当にうんまかったんかあ？　息子に気いつかってねえかい？

　あなたが「うまい、うまい」って盛んに食べたのは、あなたの最愛の夫が塩漬けした白菜だい。どうだい、うまかんべえ？

かき菜づくしに、満足の父親　　　　　　　　　　2017.12.13

　実家の台所に入ると、父親の声が弾んでいます。雪でも降りそうな夕方なのに。

「かき菜がほきてて（のびて）よお。いっぺえとったけど、うんめえかどうか分かんねえから、直売所に出さずに、知り合い3人に配ってきた。う

でて食べてみてうんまかったら、直売所に出すべえ」

「ああ、ずいぶん立派な菜っ葉だなあ。だけどよお、おらあ菜っ葉があんまり好きじゃねんだい」

「まあ、そう言うない。これだって、食べ方がいろいろあるんべえ。買う人に教えてやりゃあ、喜んで買ってぐんじゃあねんかい」

「青菜のおひたしなんて、みんなそうは食わねえからなあ」

「まあ、うでてみてよお。食ってみるべえ。うんまく食えりゃあ、あした直売所に持ってぐからよ」

　かき菜も、ほうれん草も、どうにもおひたしってのは単調な気がするんですよ。

「鞍馬山から牛若さまがいでまして、その菜を九郎判官」「なに？　九郎判官？　では義経にしておきな」

　青菜と言えば、ご隠居と奥様の「ご所望の青菜は食べてしまってありません」「食べてしまった？　では、よしておきなさい」といったやりとりしか、ピンとこないのです。

　とはいえ、せっかく父親がごきげんなのですから、話を合わせますか。

かき菜をゆでる

　熱湯で茎の部分を40秒。先っぽの葉っぱ部分もお湯にしずめて、すぐに引き上げて冷水に。

　絞って、切って、小皿に盛って、カツオ節かけて、しょうゆをかけて食卓に。

「おお、こりゃあ食えるなあ。いげるじゃねえか」

「そうだいなあ。じゃあこれはどうだ」

　と、余り物のメンマと和えてごま油ふって。

かき菜とベーコン炒めを盛る

「これもうんめえなあ。この白いのはなんだあ」
「シナチクだい。ほれ、ラーメンの上に乗ってるだんべ」
「ああ、シナチクかあ。久しぶりに食った。これも合うなあ」
　ついでに生のかき菜とスライスベーコンをさっと油炒めした品も。
「こんだあ、炒めもんかあ。うんめえけど、茎んとこがまだこええや」
「そりゃあ、こええんじゃあねえよ。歯ごたえってやつだい。かき菜は歯ごたえと、ちっとにげえんが特徴じゃねえか」
「そうかあ？」
「まあ、たけっしゃんは入れ歯だからなあ。こんだあ、もうちっとやっかくなるように炒めてみらあ」

　気がつけば、僕が料理中にコップに酒を注いで、一杯始まっています。
「なんだやあ、今日の晩飯用につくってきた魚の煮物なんかにいがねえうちに腹いっぺえじゃねんきゃあ。ここまではかき菜の実験だぜえ」
「ああ、そうなんだけどよお、もう腹がいっぺえだい。もうごちそうさんだ。おめえ、残ったかき菜、うちに持ってけえってくれや」
　ほろ酔い気分で笑顔の父親。
　まあ、きげんがよけりゃあ、それでいいやいねえ。

仕事相手に「なんて言い訳しようか」 2017.12.18

　きのうの日曜日。午後1時半、4時半、6時と仕事の打ち合わせ予定。
　だから、父親の夕食用に彩り豊かな弁当を買って、午前11時半に実家へ。冷凍のサンマ丸干し、厚焼き卵、サラダ、みそ汁で一緒に昼食。
　時間を気にしながらの食事です。

「サンマの干物っつうんも、いげるなあ」
「そうだんべえ。横にある豆腐のみそ汁も飲みない！　どうだい、うんめえだろう？」
「ああ、さんざ食ったいなあ。腹がいっぺえだい。大根おろしが食いきれなかったい。うんめえやなあ、ぶっちゃあるんはもってえねえ」

「だったら小皿にとっといてやらあ。晩飯ん時に食やあいいがな」
「ああ、そうさせてもらうべえ。なんだな、おめえがおろすと、大根もひと味違わあ」
　なんだよ、いつの間にそんなお世辞を言えるようになったんだい。
　そういうセリフを60年前から妻に言ってたら、もうちっと仲のいい夫婦だったろうにねえ。そこが昭和ひとけただ。84歳になって息子に言えるようになっただけ、ましってもんかな。

　さあ、早いとこ片づけて、洗い物済ませて、仕事に戻らなくては。
　ところが、敵もさるものである。
「今日は直売所の売り出しでな、かき菜と大根をいっぺえおいてきたんだ。ぼっとかしたら、全部売れてるかもしんねえから、見てきてえんだがよ」
　うわあ、そうくるかあ。打ち合わせの時間ギリギリだってのによ。でも、そう言われちゃあ、しゃああんめえ。
「たけっしゃんよお、乗っけてってやらあ。直売所の売れ具合を見てくんべえ」
「そうかい、わりいなあ」
　☺の父親。
　まあいいさ。打ち合わせの相手は、たまたまだけど僕のわがままがきく人だからなあ。
　そこで、ですよ。父親に見えないようにケータイを取り出して、「モシモシ……」。
「すいません。1時半にうかがう約束でしたが、2時10分着にしてください。遅れる理由は、お目にかかった際に……」
　さあて、なんて言い訳しようかなあ。車の故障が一番かなあ……。

急に「うどんが食いてえやなあ」　　　　　　　　　　　　2017.12.19

　今日は父親が病院に薬をもらいに行く日です。朝の8時半に実家へ。食卓を見たら、朝食手つかず。
「なんだよ、朝飯食ってねえじゃねえかい」

「畑の大根とってくるんに夢中でよお。飯い食うん忘れたい」
「そうかや。今から飯食ってもいいけどよお。今日は時間がねえんさ。医者行って、薬もらって、うちいけえってきたら、すぐに仕事に戻んなきゃあなんねんだ。すぐ、医者行ぐべえ」
　それで帰ってきたけど、手つかずの朝飯がもったいねえやねえ。
「たけっしゃんよお、昼飯にこれ食ってくれや。昼にくるヘルパーさんには飯の支度じゃなくって掃除でもやってもらやあいいがな」
「ああ、そうすんべえ」
　ってなことで、朝食用の焼きサバ、サラダに、だし巻き卵を追加して、仕事へ。
　この後、デザイナーさんと打ち合わせ。そして大学の授業に。

　そんなこんなで夕方、実家に。遅くなったから、食材の買い物省略。車を運転しながら、冷蔵庫の在庫を思い浮かべて、3品の構想を練って。
　台所に立って「さあ、やるぞ」と包丁握ったら父親が「うどんが食いてえやなあ」だと。
《普段の晩飯で、米っ粒とか食わねえのに、時間がねえこの日に限って、何言うんだよお》
「うどんだあ？　まあ、干しうどんなら、買い置きがあったんべ。それでもうでるか？」
「ああ、干しうどんだってばかにできねえぜ。うんめえもんさ」
　構想したメニューは全部破棄。とにかく大鍋にお湯を沸かしてうどんをゆでよう。その間に、簡単にできるものをつくればいいがな。
　栃尾の薄揚げを魚焼きグリルに。ねぎやしょうがの薬味野菜を刻んで、あと一品は豆腐・野菜炒めにしよう。これなら早い☺☺。

　ついでに、冷凍庫から鶏もも肉を出して長ねぎざく切りにして、鍋に放り込んで、しょうゆ味つけて。
　大鍋がグツグツいってきたから乾麺をゆでましょう。最終的に「鶏南蛮うどん」になればいいわけです。
　今夜は、これで十分でしょう。酒もいつも通りちょっと飲んだしね。

「おい、干しうどんがいげるがな。今夜はさみいし、あったけえうどんが食いたかったんだい。おらがちにや、もらったうどんがいっぺえあるんべえ？」
「ああ、そうだいなあ。さみいのはこれからだい。また、晩飯はうどんにするべえ。いっくらでも腹にへえりそうだいなあ」
うどんをすする姿は、なかなかほほえましいものがありますなあ。

こんな日は「手抜き」しかない
2017.12.20

　だめだ。今日は手抜きがしたい。
　9時から大学の授業。11時半から句集出版希望の著者と打ち合わせ。1時半から自宅で、大詰めにさしかかっている、藤岡市に住む女性のエッセー集の表紙についてデザイナーさんと打ち合わせ。
　2時半に終了して、実家へ。
　6時から前橋ロイヤルホテルで大学の忘年会出席のため、5時前には帰宅しなくては。
　歩いて高崎駅に行き、両毛線で前橋へ。そこから歩くのです。
　高崎と前橋は往復400円。車で行って酒飲んで、帰りの代行運転代3000円も払うなんて財布が承諾しません。

　前置きが長くなりましたが、本題はこれから。
　こんな日は手抜きしかありません。
　夕食用に惣菜店の中華弁当。昼のヘルパーさんがさといもの煮物をつくっていってくれたので、これを小皿に。あとはゆでたブロッコリーのサラダでいいがね。
　朝食用には、冷蔵庫におつまみ用の鴨のローストがあったので、これがメインのサラダ。それにハムエッグ。じゃがいものみそ汁は父親の好みのひとつ。
　うわあ、もう4時すぎた。高崎に帰らなきゃ、間に合わない。
「おらあ、けえらあ。6時っから前橋で抜けらんねえ会議なんだい」
「そうかい。忙しいんに迷惑かけらいなあ」

「宴会に間に合わん」とは言いにくいわいなあ。

「おめえ、男のくせに香水なんか」 2017.12.23

　毎週水曜日にきてくれる訪問看護師さんから前に連絡がありました。
「お父さんの首の後ろ側が赤く腫れています。かゆみもあるそうです」
　定期的に通っている病院に診察してもらいましたが、急を要することでもないらしい。
　その後も看護師さんから電話が。
「赤い部分が治りません。来週の訪問日にお風呂に入ってもらって、ほかにも腫れているところがないか、チェックしたいのですが」
「ありがとうございます。よろしくお願いします」
　そういえば、寒くなってきてから、入浴をおっくうがります。
「湯なんか４、５日へえらなくたって、どうっつうこたあねえやい」
「そりゃあそうかもしんねえけどうよお。風呂にへえるか、せめてシャワーぐれえ浴びたほうがいいぜえ」
「だって、湯にへえると服着るまでさみいじゃねえか」
「そりゃあそうだ。だから言ってるだんべえ、昼間のうちにへえれって」
　ってなわけで、今日は昼食前に入浴。
　お湯張りのボタンがありますよね。スイッチひとつ、15分で浴槽にお湯いっぱいに。
　そんな当たり前のことも、父親は忘れがち。
「それで湯がたまるんか。便利だいなあ」
　これまで何年も、どうしていたのやら。
「具合が悪けりゃあ、医者に行ぎない！」
「汗をかいたら、湯にへえりない！」
　当たり前のことを僕が言い、親は当たり前のように「分かった」と返事していましたが、その「当たり前」ができないことが「老いる」ということですね。
　そんなことにさえ、気がつきませんでした。うかつでした。
　浴槽に身を沈めた父親。

「ああ、湯にへえると、やっぱり気持ちいいなあ」
「そうだんべえ。首の裏っかわのほかは、腫れてるところはねえや、安心しな」
「そうか。医者も、ちっと様子をみるべえって言ってたしな」
「だけどよお。これっからも湯にはへえりな。昼飯の前か後にな。俺だって、ほれ、なんつったっけ、においのこと。ああカレーシューってやつだい。あれがしねえように、湯にへえって、香水つけてよお。一生懸命なんだよ。たけっしゃんも年寄りくささを隠さなけりゃあなんねえぞ。近所の人に嫌われねえようによ」
「へえ、そんなもんか。おめえ男のくせに香水なんかつけるんか」
「ああ、そうだ。大学の学生にはてんで評判いいんだぜ（ウソです☺☺）。たけっしゃんもよお、汗っくせえと、ヘルパーさんも看護師さんもきてくんなくなるぜ」

「湯にへえるんは気持ちいいよなあ」

ひとりでXマスケーキ食べたって   2017.12.24

　日曜日は自宅の昼食を考える前に、実家の父親の昼食を。
　10時頃に行って「おっきりこみでも鍋につくっておいて、自分で温めて食べてもらえばいいか」と。
　冷凍庫にあったエビ、それに野菜いっぱいのおっきりこみ。
　ここでひとつ思い出しました。
「ほれ、年子さんを今週の昼間だけ家に連れてくるべえっつう話な。叔母さんと相談すんべえ」
「じゃあ、俺も一緒に行があ」
　車で3分ほどの叔母さん、つまり母親の妹さんの家に。

叔母さん、叔父さん、父親としゃべっていて気がつきました。
「叔母さん、たけっしゃんの昼飯につくったおっきりこみ、3人分よりかいっぺえあるんだけど、鍋ごと持ってくるから食べてくんないかい？　たけっしゃんもひとりで食うより楽しいだんべから」
「あら、ごちそうさま。専門家のおっきりこみを食べるんは初めてだよ」
　僕の著書に『群馬の逆襲3　今夜もおっきりこみ』（言視舎）というフォトエッセー集があるので、知り合いの間で僕は「おっきりこみ専門家」なのです☺☺。
　父親用に鍋でつくったのですが多すぎたので悩んでいたので、よかったよかった。
　僕は安心して、自宅の昼食の支度に戻れます。

　夕方、改めて実家へ。
　前日、父親が近所の人からもらった豚ロース肉があったので、しょうが焼き。それと湯豆腐ね。
「今夜はこの2品だけだい。物足りねえかあ？　実は、あとひとつあんだい」
「何があんだあ？」
「今日はなんの日だあ？　クリスマスイブだがね。ほれ、みんなでケーキを食う日だいねえ」
　そう言ってひとり用のカップケーキを。フルーツいっぱいのミニケーキ。
「お茶いれるからよお、こたつに行ぎない。そこで食やあいいがな」
　80代は、ケーキに日本茶だよね☺☺。

「おお、甘くってうんめえなあ。洋菓子っつうんは久しぶりだい。うんめえ、うんめえ」
　背中を曲げながらケーキをほおばる姿を、カメラにおさめようと思いましたが、できませんでした。涙が浮かんできて……。
　ひとりだけのクリスマスケーキ、無理して「うんめえ」って言ってるかも。そう思うと。
「すまねえなあ、年子さんは入院中だし、俺はこれから家にけえって、晩

飯つくって、その後で、ケーキ食わなきゃなんねえしよお。ひとりで食ったって味気ねえよなあ」

高崎に帰ろうと車に乗り込んだ僕を、縁側の窓から見送る父親。

「まっとゆっくりしてげねえんきゃあ？」

こう言いたいんだろうなあ。でもよお。

晩飯の世話して罪悪感にかられてりゃあ、世話ねえやねえ……。

一時帰宅の母親の昼食は　　　　　　　　　　2017.12.26

母親の一時帰宅でおっきりこみを

　今日は、母親が2回目の「昼間だけの一時帰宅」。

　いまだに「刻み食」の味気ない（老健スタッフさん、ごめんなさい）食事の母親に何を食べさせるか。

　生まれは埼玉の農家。藤岡の農家に嫁いで60年の、農家人生。やっぱり「おっきりこみ」しかないでしょう。この地域は「おっきりこみ文化圏」です。

　エビ、さといも、白菜、それに僕は大っ嫌いのしいたけも、まあ、彼女の好物だから仲間に入れましょう。

　カレイの西京焼きと、小かぶの煮物もつけましょうかね。

あとは、デザートにイチゴですね。

　10時に自宅に連れ帰って、父親、僕、叔母さん、そして一時帰宅の母親の4人でお茶に。
　その後で、12時すぎから昼食に。
「家じゃあ、よくおっきりこみをつくったいねえ。こんな味だったいねえ。うんまいねえ」
　彼女が言う「家」は、埼玉北部の実家です。
「年子さんの実家のうどんはうんまかったいなあ。おらあ、子どもの頃、うどんが一番楽しみだった。わりいけど、年子さんがつくるんよか、うんまかったいなあ」
「あれ、そうだったかねえ。だから一番上の兄さんがうどん屋を始めたんかい」
　昔の記憶は正確なんですね。母親の長兄の食堂開業も事実。
　数分前の記憶は全然ないくせにね。
「この焼き魚はなんだい？　カレイ？　食べたことないねえ」
「この白いのはなんだい？」
「小かぶの煮物だ。なっからやっかく煮たから、刻まなくても大丈夫だんべ」
「かぶかい。やっけえねえ。味がしみてらあ」

おっきりこみを食べる

　自分でお椀を持って、うどんすすって。病院たあ違わいねえ。
「あれ、さといももやっかいやねえ。なっから豪華だいねえ、エビもへえってらあ」
　ごきげんの母親。おお！　出した3品、完食の勢いだあ。
　でも、そのうち、涙声に変わってきました。
「こんなにうんまい物食べさせてもらって……。迷惑かけてるんに、あり

リンゴの皮をむく

がたくて涙が出てくらいねえ」

おいおい、あんまり湿っぽくなるない！

「目のめえにいるよくできた息子に感謝しない！」

まあ、これくらいの冗談はいいでしょう。

「うどんに、つゆの味がよくしみてるねえ」

「あんたの息子は料理の天才なんだから、うんめえなあ、当たりめえだい」

この程度の冗談もいいやいねえ。この場の賑やかしには役立ちます。

一時帰宅でごきげんの母親、ついにはリンゴをむき始めました。

包丁を持つのは何カ月ぶりのことでしょうか☺☺。

やっぱり、病室とは目の輝きが違います。そろそろ、老健に帰る時間だなあ……。

ついに運転免許を返納　　　　2017.12.27

ついに行ってきました、警察署に。父親とともに。

知人を殺害して、何年も逃げ続けてきましたが「もう逃げ切れねえだんべえ。時効もねえんだし」と父親に諭されて観念して出頭しました。

といった話であるはずもなし。

藤岡署に出向いたのは、父親の自動車運転免許証返納です。

農村に生き、農業一筋。田畑に通う車なしには成立しません。84歳の今日も、作物をつくり、直売所に出荷する日々ですから。

むろん、彼が診断されてから、運転は道交法違反。でも、僕は彼から車を取り上げられませんでした。

車を奪うことは、農業を奪い、生きがいを奪い、彼という人間の存在そ

のものを否定しかねないからです。
「たけっしゃんなあ、止めても無駄みとうだから、もう言わねえ。頼むから、家と畑の往復だけにしてくんない」
　そう言って１年。
　でも、運転免許の有効期限が切れれば「頼むから」では済まされません。
　12月28日の有効期限の免許証を、ギリギリになった今日、警察に返納してきました。
「これっからは、ちっと不便だけどよお。こないだ買った電動アシスト自転車で畑に行ぐべえ。仕方なかんべや」
「そうだいなあ。だけんどな、直売所に持ってぐんができねえやなあ」
　その通り。これが大問題。
　自分の作品が売れる。彼を支える柱は、間違いなく直売所なのです。運転できなくなれば、その柱が……。
「しゃああんめえ。これっからあ、かき菜が出るんかあ？　まいんちじゃあねえんだんべ？　朝、きてやらあ。７時半ごろくりゃあいいんだんべ。一緒に直売所に持ってぎゃあいいがな。それから、おらあ仕事に戻らあ」
　実家に朝の７時半に着くには、何時に起きりゃあいいんだあ？　仕方なく言い出したものの、目の前まっ暗なんすよ。
　電動アシスト三輪自転車は、なかなかの優れものなんですけどね。
　でも、今日の昼すぎ、こたつの前に座って居眠りする父親。寝顔がさびしそうです。
　そりゃあそうだ。60年以上続けた車の運転ができなくなったのだから。

やる気が出ねえやい　　　　　　　　　　　　　　2017.12.30

　やっぱり言い出しました。
「免許も、車も取り上げられちまって、やる気が出ねえやい」
　運転免許証返納の翌日です。父親が農作業に使っていた軽ワゴン車について、知り合いに廃車を頼みました。
「かき菜あ、とってよお。だけんどふたつ束しかとれねえから、直売所に

持ってぐんはやめてよ、世話んなってる親戚んちに持ってってやったんだい」
「あすこんちまでは、ずいぶんあるぜ。歩いたんか?」
「だあからよお。あの自転車で行ったんだい」
「途中に坂があるだんべえ? よくこいで登れたなあ。電動自転車はすげえなあ」
「表の県道は坂があるけどよお、裏道行ぎゃあ、坂がねえんだ」
「ああそうか。裏道は車も少ねえから危なかあねえや。そこまで自転車で行げたんなら、畑だけじゃなくて村中どこでも行げらあ」
「だけんど、張り合いがねえや。坪庭に落ちてる葉っぱあかき集めたって、畑まで持ってげねえんだからよ」
「だからよ、俺がお昼過ぎにくるんだから、そん時一緒に畑にぶちゃありに行ぎゃあよかんべえ」
「枯れた葉っぱあぶちゃあるんも、おめえ頼りきゃあ? めんどくせえやなあ」
「ああ、日本中どこでも、80越えりゃあ、みんなめんどくせえことになってんだい。しゃあねえがな」

「使ってた車だけどよお、まだ壊しちゃあねんだんべえ? どこに置いてあるんだい」
「畑の横の空き地だんべよ」
「けさ行ってみたけど、めっかんねえやい」
「めっけてどうすんだい?」
「ちっと借りべえと思ってよお。家と畑ぐれえなら運転してもよかんべえ」
　やっぱり免許返納を完全には理解していません。
「そう言うだんべと思ったい。車にゃあ、キーがつけっぱなしだからな」
　実は、何カ月か前からエンジンキーが抜けなくなっていました。これを一時的に放置しようってんですから、僕だって考えました。
「廃車してくれる人に相談したら、いいこと教えてくれたい」
「なんつったんだあ?」

「その人がよ、バッテリー外してくれたんだい。だからキー回したってエンジンがかからねえよ。たけっしゃんが乗り出さねえようによ」
「チクショー、そんなことしたんか。おめえも意地がわりいなあ」

　意地が悪いと言われたって、ここで反論しても意味なし。

　それより、どうやったら彼の張り合いがしぼまないか。それが切実な課題です。

「褒め殺し」的なやり方しかないのかも。

「あきらめて自転車で動きない。日本中の年寄りが車の運転やめてきてんだからよお」
「そういうもんかい」
「大根もよかったけど、かき菜もいいもんができてらあ。だから、いっぺえとって、畑の横の牛舎（父親は若い頃和牛飼育に励んでいました。その頃使っていた建物です）に置いときない。電話くれりゃあ、俺が車で行って、家まで持ってくらあ。それえ洗って束ねときない。翌朝俺がたけっしゃんを助手席に乗っけて直売所に持ってぎゃあいいがな」
「そうするっきゃあねんきゃあ。まあ、情けねえ話だいなあ」
「年を取りゃあ、みんな子どもの世話になってんだよ。たけっしゃんは元気で働いて、みんながたまげるぐれえいい野菜がつくれるんだから、幸せだと思いない」

　さてさて、彼の「やる気」は、どこまで維持できるものか…☺

　とにかく、実家の坪庭の枯れ葉は、父親が大きな桶に入れて、2人して軽乗用車に積み込み、捨てに行ったのです。

自宅の坪庭の枯葉を集める

❸ 理路不整然を楽しむ境地

「神様がくれた試練よ、きっと」　　2018.1.1

　2018年元旦の正午は、父親にお雑煮を食べさせてから、老健施設に入って4カ月近くになる母親のもとへ、父親とともに。

　母親は「ケガは治った。今すぐ家に帰りたい」の一点張り。僕としては「まだ折れた背骨が治りきってい

元旦にエビのお雑煮

ないから、あとひと月は、ここで養生しな。家はさみいからよお」と言うしかなし。

　本当は別の理由から退院できないのですがねえ。

　母親は、口数の少ない父親に「言葉による波状攻撃」。ほとんど罵詈雑言。これも、この病気の特徴なのでしょうね。

　見ていて、いたたまりませんわい。

　なんとか春には退院させて、在宅介護ができないかと検討中ですが、現実に家に戻したら、毎日毎日夫婦喧嘩を繰り返して、妻の悪口に耐えきれなくなった父親が、思わず手を上げて……などという事態を招くのではないかと不安になります。

　かといって、僕やかみさんが四六時中ついているわけにもいかず。

　僕の家と親の家の2世帯が共倒れになったら最悪ですわいね。

　僕のガールフレンド？（自分史を出版したお客様です☺）のひとりに、米寿を迎えた女性がいます。桐生市にお住まいで、よく電話をくれます。

先日の電話ではこんな言葉を投げかけられました。
「木部さんは、これまでの人生の中で『理論整然』とした人とばかりふれ合ってきたでしょう。仕事も私生活も。今、向き合っているご両親は『理路不整然』そのもので、苛立ったり、せつなくなったりの日々でしょう。あなたには割り切れない毎日でしょう。でも、それは神様が木部さんに与えている試練かもしれませんよ。『世の中、スパッと割り切れることばかりではないことを学習しなさい』『理路不整然を受け入れて、楽しむ境地になりなさい。ひとつ成長するよ』と言っているのよ」
　なるほどなあ。分かりやすい話です。

　元旦に父親にお雑煮を出して一緒に食べるまでが理路整然の世界（実はそうでもないのですがね）。
　午後、母親と向き合っている時が「理路不整然」。
　さすがに人生90年のガールフレンド。言葉に説得力があります。
　元旦の話題としては、なんとも湿っぽい話よねえ☺☺。

お雑煮を食べる

母親相手に、毎日嘘ばっかり　　2018.1.3

　元旦は「なんだ、今日は退院できないんかい」と不満げだった母親ですが、2日午後はそれなりにごきげん。
　究極の外面(そとづら)の良さを誇るのが僕の両親だけに、僕のかみさんが同行すると、一応きげんがよくなります。
　やはり嫁は他人ですかね。
　僕と父親と僕の叔母さんの3人相手だと、わがまま、理路不整然放題なのが、それ以外の人がいると、物分かりのよい謙虚な患者に変わります。

「家を改良しなっくちゃあなんねえや。手すりとかトイレとか寝床はベッドかな」

「あれえ、そうかい。あたしゃあ、今すぐ家に帰ったってなんでもできると思うんだよ。車の運転だってさあ」

車の運転などもってのほか。

でも、この言い方に反論したって意味なし。母親には理解できないのですから。

「院長先生がよお、まだ背骨が直りきってねえから、退院できねえってよ。医者の言うことにゃあ逆らえねえよなあ」

こんな言い方でごまかすしかなし。

「だからな、あとひと月ぐれえは入院しなくちゃあなんねえと」

あとは、話題をそらすしかありません。

「歩く練習するべえ。その歩行器でよお、病院の隅から隅まで歩いてみんべえ」

「そうかねえ、歩いてみるかねえ」

ってな調子で僕とかみさんと母親と3人で建物内を歩くことに。

母親は歩行器頼り。それでも、ここ数年は脊柱管狭窄症で、30メートル歩くのが精一杯だったのが、この日は200から300メートルは歩けるではないですか。

「ほれ、いっくらでも歩けらあ。だから退院させてもらうべえと思うんさ」

冗談じゃないよ。あなたはけが人じゃなくて病人なんだよ。家に帰ったって四六時中の看護が欠かせないんだよ。言えないけどよお。

「まあ、もうちっと待ちない。家ん中を片づけて、けえってきられるようにすっから」

歩行器で歩く練習を

ああ、毎日、嘘ばっかりついてるなあ。

料理が気に入ると、酒を忘れる　　　　　　　　　　　2018.1.4

　老親の介護に追われているとはいえ、年末年始ですから、かみさんをほっとくわけにもまいりません。
　元旦は父親の夕食を早めに済ませて、都内にあるかみさんの実家に1泊。3日は秩父の三峰神社へ。
　困った時の神頼み？　いえいえ、どこかに初詣でに行かないと、かみさんのごきげんを損ないかねないからです☺☺。
　僕自身は、「『偶然』というものを擬人化したのが『神』とか『仏』という存在だ」というか「神や仏に会ったことがないし、天国や極楽や地獄を見たこともないから、それらが存在しているかどうか分からない」という価値観なので、神頼みをしたこともなし。
　気分転換のドライブには手頃かな、といった感覚です。
　もちろん秩父からの帰りに実家へ。僕が父親の夕食の面倒を見ている間に、かみさんは母親の病室へ。その後、高崎の自宅に帰って夕食。
　そんなこんなで三が日はあっと言う間に。
　今日はもう4日かあ。

「たけっしゃんよお、年が明けてっから、湯にへえってねえだんべ？　風呂に湯ためるから、飯のめえにへえりな。まだ4時だし、今日は晴れてて風もなくって、あったけえやい」
「そうかや。湯につかりゃあ、あったまらいなあ。そうすべえ」
「じゃあ15分ぐれえ待ってない。湯ためて、洗面所にストーブ持ってきてあっためるからよお」
　入浴後です。
「さあて、湯にへえった後、何着たらよかんべなあ」
「シャツもズボンも、洗ったのがあるんだんべ？　こないだヘルパーさんがたたんでたじゃねえか」
「そうかあ？　どこだんべなあ。ああ、これかあ？」

「そらあ、たけっしゃんが今脱いだシャツじゃあねえかよ。しっかりしない！」
　そういやあ、あんたは昔っから、こういうの苦手だったけな☺☺。

　風呂上がりの父親には、タラ・じゃがいも・にんじん・しいたけ・トマトの蒸し焼き。薄揚げとほうれん草だけの小鍋などなど、三が日明けは地味にまいりましょう。
　とはいえ、わりと気に入ったのか、料理をたいらげて、コップに注いだ日本酒はほとんど手つかず。
　これってよくあることで、食べ物に関心が集まると、酒を飲むことを忘れます。
「今夜は酒が進まねえなあ。まあいいやい、無理して飲むこたあねえよ」
「酒かあ、忘れちゃったい。もういいやい。眠ったくなってきたしよお」
「そうかい。もう７時過ぎたから寝りゃあいいがな。テレビ消すからよお」
　食器を下げて洗って拭いて、食器棚に入れて。
　コップに飲み残した酒は一升瓶に戻します。
「あったりめえだい。正月だから奮発して純米吟醸を買ったんだよ。もってえねえから、一滴だってぶちゃあれねえやねえ」。

「おめえの兄貴んちだよ」　　　　　　　　　　　　　　2018.1.6

「おめえはよお、高崎のどこに住んでんだやあ？」
「何をいまさら言うんだやあ。ほれ、たけっしゃんが何回もきたんべやあ。高崎駅の東口だい」
「じゃあ、あれんちの近くかあ？」
「あれんちっつうんはどこんちだや？」
「俺たちが、めえによく行ったんべえ、東口からちょっと行ったとこの、おめえの兄貴んちだよ」
　また出たかあ。４か月に１回くらいは出るなあ。自分に息子が何人いるか分からなくなるのは。

「たけっしゃんよお、シャキッとしない。おめえの息子は、俺ひとりだい。俺の弟は、50年以上もめえに、1歳半で病気で死んだじゃねえかい」
「あれえ、そうだったんかいねえ」
「だから、あんたの息子は俺ひとりだけだがね」
　昨年9月末にも、そんな電話がありました。「まいんちぐれえ、飯つくりにきてくれるんは、おめえの弟だいなあ」って、せつない問い合わせが。
　これは、いたしかたなし。

「あれ、あれなあ。ほれ、こんな丸っこいかっこうしてよお」
「なんだあ、道具かあ」
「道具じゃねえやい。ほれ、丸くってよお」
「なんだや、道具じゃなけりゃあ、なんだい。野菜かい？」
「葉っぱが巻いててよお」
「巻いてる？　キャベツか白菜かあ？」
「そうだ、その白菜よ。畑になっからできてんだけど、おらあ車の運転ができなくなったから、いっぺえとれねえし、直売所にも持って行げねえやい」
　運転免許証返納ですねてるんだろうなあ、ほっとけないさ。
「そんなこたあねえやい。あしたのお昼めえにきてやるから、畑の様子を車で見に行ぐべえ。直売所の様子も見てきようや」
　父親に笑顔が戻りました。
「そうかい。そりゃあ、ありがてえ。見てくるべえ」
　ああ、あした仕上げたい仕事があったのに、これじゃあ1日つぶれるかも。仕事が、また遅れるなあ。
「そうやって直売所も続けりゃあいいやいねえ。俺が朝7時半にくりゃあ、直売所に持ってぐも間に合うだんべ。大学も、4月からは朝一番の授業はねえようにしてもらったかんね」
　父親、ますますニコニコ顔に。
　でも僕の心は正反対。
《クソッタレがあ。ますます仕事ができなくなるじゃあねえかよ。冗談は抜きだぜ。やってらんねえよ、まったく》

とりあえず、父親の今夜の夕食は、豚肉・じゃがいも・ブロッコリーの炒め物の卵とじ。「ポークピカタ」と言えなくもない品をフライパンのまま出しました。夜は寒いから、湯豆腐もつけましょうかね。
　小さなコップに半分の日本酒。今夜はお代わりを自分で注いでいます。コップになみなみと。畑と直売所を回ると僕が言ったのが、よっぽどうれしかったんでしょうかねえ。

これ、バースデープレゼントかあ？　　　　　　　　2018.1.7

「おめえよお、今日は何時にきてくれるんだや」
　父親からこんな電話。朝の8時半。たしかに「あしたは午前中にくるから、畑や直売所の様子を見るべえ」とは言いましたが。
「朝一番で自転車で畑に行ってな、白菜を8つもとってきたい。直売所に持って行ぐべえと思ってな」
「自転車って、どうやって白菜8つも運んだんだあ」
「めえと後ろのカゴに入れてさ、乗ろうとしたら、おっかなくってしょうがねえ。だから歩いて自転車をころがしてきたんだ」
　はあ、そうですかい。
「分かったよ。30分で行ぐから待ってない。それっから直売所に持ってぎゃあよかんべえ」
　まあ、持って行きましたよ。直売所の人も父親とは顔なじみですから、よく分かっています。さっさと値段を決めて値札シールを8枚プリントしてくれて「これ貼って、並べてってね」と。
「木部さん、大根の評判よかったねえ。これっからは白菜かい？」
　ニコニコ顔で声をかけてくれます。父親には励みになっているのでしょうね☺☺。

　帰ってきて、昼食の準備。今日は7日ですから、やっぱり「七草粥」でしょう。
　店で買った七草セットを使えば簡単。炊き上がったお粥に混ぜて、ちょっと煮ればオーケー。

焼き魚、だし巻き卵、おひたしといった脇役を揃えて、それをたいらげていく父親はそれなりに満足した様子。
　気をよくしたか、オヤジ殿はその後、目の前の畑から表面が紫色した大根を10本ほど抜いてきました。
「あとはよお、いつもの畑から白菜をまっととってくるべえ。あしたの朝、直売所に持ってぎてえやなあ」
　そりゃあそうだ。そうしてえよなあ。
「っつうことはよ。あしたの朝、またきてやんなきゃなんねえんかあ。しゃああんめえ、朝の7時半ごろくらあ。一緒に直売所に持ってぐべえ」
　なんか、自分で自分の首を絞めてるよなあ。

　夜はかみさんがごちそうしてくれる予定になっていました。イタリアンレストランだそうです。僕の60回目の誕生日なんですね。
　だから、父親の夕食と翌日の朝食の準備をして帰りました。
　僕の誕生日なんて、たけっしゃんは全然気がつかないことでしょうが☺。
　ああ、でも感謝の気持ちはあるようです。
　僕が気づかないうちに直売所で買ったのでしょう、イチゴ1パックを差し出します。
「おい、これ持ってけえれや。うんめえぞ」
　ほほう、もしかしたらバースデープレゼントですかな☺☺。

自転車にリヤカーつけてよお　　　　　　　　　　2018.1.8

　朝起きましたよ、6時すぎ。1月だから、まだ外は明るくないなあ。いつもは7時半すぎ起床なのに。
　身支度して、車でスタート。7時半前に実家に到着。白菜と大根積んで、父親を助手席に乗せて直売所へ。
　前日並べた白菜は全部売れてたから、父親はごきげん。
「白菜は今、たけえからよお。ひとつ180円くれえに安くすりゃあ、売れらいなあ」

直売所に白菜を並べる

「競争相手も多いけど、こりゃあぼっとかしたら、今日も全部売れやしねえかい」
　ごきげんで帰宅。父親は朝食をとっていませんでした。
「食うひまなかったいなあ。そういやあ腹へったい。親戚んちからもらった餅でも食うか。冷蔵庫にあるだんべ」
「ちっとカビてやしねえかあ」
　心配した通り、正月用の餅にはカビがつき始めています。
「たけっしゃんよお、カビがつき始まってらあ。だめだい。真空パックのがあるから、こっちにすべえ」
「じゃあ、焼いてみっか、２〜３枚よお」
「そうだいなあ。焼いてしょうゆとのりで食ってもいいし、朝飯のみそ汁手えつけてねえから、それに放り込みゃあ、お雑煮だいなあ」
　そんなわけで、手つかずのみそ汁を有効利用してお雑煮に。
「おい、お雑煮っつうんも、なっからうめえなあ」

　気をよくした父親。
「お昼めえに、畑行って白菜とってくらあ。大根も一緒によお」
「自転車で行ぐんか。白菜と大根とったら畑の脇に置いときな。夕方俺が飯つくりにきた時に持ってきてやるから」
「しんぺえすんない。おめえが買ってくれたリヤカーな、あれを自転車にくっつけりゃあ、持ってけえらあ」
「たけっしゃんはリヤカーくっつけて自転車こげるんか？」
「ああ、サドルにリヤカーの取っ手をロープでしばりゃあ、畑まで行ったりきたりぐれえできらあ」

「そりゃあ頼もしい。さっそく見せてくんない。**電動自転車でリヤカー引っぱって行ぐとこをよお**」

　車の運転免許証返納以降、気落ちしがちだった父親ですが、これはいいことです。僕とすれば電動アシスト三輪自転車代「〇〇万円の投資」が無駄にならずに済みました。

　リヤカー引いて自転車で畑へ。時速6〜7キロ程度でしょう、僕が早歩きで横に並んで、畑に行けたのですから。これなら安心運転です。

「**直売所に持ってぐんだけ、すけてやりゃあ、なんとかなるか。でも早起きは勘弁だなあ。なんだか、ずでえまずいほうに進んでいるかもしれねえな**」

　父親の生きがいと、僕の苦痛。どこでどう折り合いをつけるべきでしょうかね。☺☺

電動自転三輪車にリヤカーをつけてスイスイ走る

「張り合い」「満足感」「達成感」　2018.1.12

「きのうの昼過ぎは、風がビュービュー吹いてさむかったいなあ。畑でかき菜あとってたんだけど、あんまりさみいから、ちっとんべしかとれな

かったい」

　それでも、けさ８時に実家に行ってみると、かき菜の袋詰めが 10 個できていました。

「なんだい、ちっとんべっつったけど、いいのができてるじゃあねえかい」

「そうだいなあ。きのうのは 130 円で売ったけど、今日のは少しガサがあるから 150 円ぐれえで売りてえもんだな」

　早速、直売所へ。

　前日の８個の袋は姿が見えず。どうやら全部売れたようで、父親もご満悦。

　棚に並べる手つきも軽やかに見えるのは、僕の錯覚でもありますまい☺☺。

　やはり「やる気」「張り合い」「満足感」「達成感」などの大切さは、万人に共通の課題のようです。

「あの花瓶も、ユリが咲いたから、なんとか見られらいなあ」

　父親も、けっこう花が好きで、自分で花瓶にさして楽しんでいます。花瓶には、菊や葉物の真ん中にカサブランカが１本。花が３つ、４つ。

　実は 12 月中ごろに、直売所で１本買ったのですが、とうとう咲かずじまい。毎日「ユリが咲かねえやい。張り合いがねえやなあ」とぼやいていたので、大晦日にカサブランカを１本買ってきてさしておきました。それが順調に開花。

「地味な花べえじゃあ見栄えしねえや。ユリが咲いて、なんとか見られらあ」

「そうだいなあ、しばらくいい具合に咲いてるんだべよ。なんだなあ、たけっしゃんもなかなか趣味がいいなあ」

「そらあ、おめえ。俺だって花ぐれえ飾らい。おめえも、そんなぐれえのゆとりい持ったほうがいいぜ」

　言うこたあ言うなあ。

　日々の農作業や直売所での値段つけもそうですし、こんな日常生活の細かなことに関心を持つことが、彼の病にもよい影響を及ぼしているのでは

ないでしょうかね。

　訪問看護師さんやヘルパーさんたちも「状態がとても安定していますね」と驚いていることですし。素人考えですが。

　きのう行った病院の待合室でも、たまたまテレビの料理番組で「牛肉のこま切れを使ったカツサンド」をやっていて、視線は画面に釘付け。

　長い間和牛飼育をしていた彼にとって牛肉への関心は衰えていないようです。

「ああやりゃあ、こま切れでもカツになるんか。そうか、肉をまとめて平たくして冷凍するんか。形が崩れねえやなあ。だけど、凍ってたらちゃんと揚がるんかあ？　そうか、長え時間揚げりゃあいいんか。7分も揚げてるんか」

　自問自答していました。

　これ、頭の体操だよね。

　そんなことを考えていたら、直売所の出品者仲間のおばさんからもらったまんじゅうを、父親が差し出します。

「食ってんべえ」

　かじった瞬間、僕は思いました。

《レンジであっためたほうが、もっとうまかったかな》

　そしたら父親もひと言。

「あっためりゃあよかったいなあ、このまんじゅうよお」

　ナイスな判断できるじゃねえかい。

　お茶いれようとして、電気ポットの給湯ボタンがどれなのか分からず**「あれえ、おっかしいやなあ。湯が出てこねえやい」**と格闘している割には☺☺。

④ 老境、ひとつの高みに

周囲が驚く「症状の安定」　　　　　　　　　　　　　　2018.1.14

「おい、直売所へ行ぐめえに、お茶の1杯も飲んでがねえっきゃあ。今、いれらあ」
「そりゃあ、ありがてえや。ごちそうになるべえ」
　日によって、お茶が薄かったり濃かったり、お湯だけのことがあったりもしますが、世話になっている息子に感謝したいという気持ちは、よく分かります。
　けさ、実家の台所をのぞいたら、朝食は手つかず。
「飯食わねえんきゃあ。きのう、かかりつけのお医者さんも言ったんべ。『きちんと3食食べてね』ってよお」
「だけどな、朝は野菜を袋に詰めるんが忙しくて、飯食ってる暇がねえやい」
「飯食ってねえから薬も置いたまんまだいなあ。しゃあねえや、直売所に行ってきた後で食やあいいか」

　年が明けてから毎日、かき菜を畑でとって、翌朝直売所へ持って行って。前日の分はみんな売れてて。気分よくないはずがなし。
　直売所への出荷作業はすぐに終わります。家に帰ってきて、座ってひと息。
「さあてあ、朝飯をいただくかな。けさはなんだやあ？　焼き魚かあ」
「ああ、ホッケだい。あとは切り刻んだ野菜とハムのサラダだ。みそ汁はあっため過ぎたかなあ、やけどしねえようにな」
「みそ汁かあ。油揚げがへえってらあ。おらあ、油揚げがへえった汁が一番好きだい。うんめえやなあ」
「俺が子どもの頃から、油揚げが好きだったいなあ。みそ汁だけじゃねえ、

うどんのつゆも油揚げがへえってねえと、きげんが悪くなったいなあ」
「そうか。おめえ、よく覚えてるな」
　他人が見たら、ほのぼのとした親子の会話が続いている光景にしか見えないでしょうが、油断なりません。
「おめえの上に、兄貴がいたいなあ？　ほれ高崎の。おらあ何回も行ったことがあらあ。あの家に住んでる兄貴は達者にしてるんきゃあ」
　ほらきた。
「だからよお、あんたの息子は俺ひとりだんべがやあ」
「あれえ、それじゃあ、あの高崎の家に住んでるのがおめえか。じゃあ、まいんち飯の支度にきてくれてるんは、誰だあ？　おめえの弟じゃあねんきゃあ？」
　ほとんど、古典落語の『粗忽長屋』の「おち」ですなあ。「行き倒れになっているのは確かに俺なんだけど、それを抱いているこの俺は、いったい誰なんだろう？」と共通する世界ですね。
　これは仕方がありませんが。
　そんなことを口にしながらも、息子への「お世辞」は忘れません。
「こりゃあなんだ？　サラダかあ。うんめえなあ、飯が進まあ。うんめえ、うんめえ」
　そこまで誉めるほどうまいものではないでしょうね。感謝の表現、息子への配慮でしょうか。
　まあ、他人への配慮や思いやり。これがきちんと残っていることも、彼の症状の安定に大きく貢献していることでしょう。

　たしかに、市役所の介護判定にも影響が出ました。
　１年前は「要介護２」でしたが、先日届いた判定は「要介護１」。介護度が１ランク改善されたのです。
　服薬の継続と、農作業や直売所販売の継続、家族や友人知人への思いやり、息子夫婦や農業仲間、村の人たちとの対話……。こうした様々なことが、よい結果を呼んだことは間違いないのでは。
　今の父親を、近所の人が見ても「愛想のよい、おしゃべり好きで、ちょっととぼけたことを言うおじいちゃん」としか思えないでしょうね。

なんとか、このレベルで踏みとどまってくれないものかなあ。

だめだ、風邪をひいた　　　　　　　　　　　　　2018.1.17

「今日は、えらくはええじゃねえっきゃあ」
　父親が口にしました。
　だめだ。風邪をひきました。土曜日からかみさんが「ゴホゴホ」。夜中の咳がとまらず「こりゃあ、うつるかなあ」。
　案の定、火曜日朝から「なんとなく風邪だよな」状態。
　火曜日・水曜日と大学で1限目の授業があるため、朝の直売所通いは叔母さんに頼んでいました。
　僕は夕方実家に行くことにしていました。

　午後3時前に姿を見せた息子に、けげんそうな父親。
「わりいけどよお、いくんちか、長居できねんだ」
「なんだ、夜に用事が入ってるんか？」
「そうじゃねえんだ。風邪ひいたみとうでな。たけっしゃんに風邪ひかせるわけにゃあいがねんでさ」
「そうかい、おらあ風邪なんかひかねえやい」
「そりゃあ、いいことだい。だけどな、用心にこしたこたあねえや。だから弁当買ってきた。あしたの朝飯を簡単に用意して、すぐにけえらあ」

　火曜日は火にかけるだけの鳥鍋セット、できあいの煮物と和え物。朝食用にシャケの西京漬けを焼いて、目玉焼きのサラダ添え、じゃがいものみそ汁。
　水曜日は和風の弁当に、やはり量り売りのサラダ2品。朝食用にカレイの切り身を塩焼きに。あとはハムサラダ、白菜のみそ汁。
　頭がほうっとしていて、予定になかっただし巻き卵も焼いてしまった。多いかもしれないので、2切れだけサラダに加えて、あとはラップにくるんで持ち帰ることに。かみさんの夕食の1品にすればよし。
「これでけえらあ。今夜の薬とあしたの朝の薬は、ほれ、ここに置くから

よお。忘れずに飲んでくれや」
「ああ、わりいなあ。おめえも気いつけてけえれや」
「ああ、あしたの朝は、8時ごろにくらあ。今日とったかき菜を直売所に持ってぐべえ」
「大丈夫かやあ。自転車でも行げらあ」
　病人に心配されてりゃあ世話ねえやいねえ。
「今夜ひと晩寝りゃあ、治るだんべえ。心配するない！」

　今週中に仕上げなければならない仕事あり。今夜は仕事したいんだけど、思い切って寝ます。あしたはスッキリしていることを期待して。
　お休みなさい。

僕は、昔からあんたが嫌いだった　　　　　　　　2018.1.18

「今日は畑に行がねえでよお、3時ごろっから床屋に行ってくるべえと思ってんだ。ヒゲがボウボウだしなあ」
「3時ごろっから？　なんだい、その時間は？　ああそうか。今日は老人クラブの新年会だったっけか」
「そうだい。9時半にむけえのマイクロがきてな、老人センターで昼飯食って、けえってくんのがその頃だい。それっから畑に行っても、かき菜がいくらもとれねえ。だったら床屋へ行ったほうがよかんべえ」
「さっぱりしてくんのはいいけどな。おらあ今日はこれっから渋川で打ち合わせだい。3時にゃあけえってこれねえぜ」
「大丈夫だい。自転車で行ぐがな」
　なんだとおおお！
「自転車っつったって、車だって10分近くかかるじゃあねえかい。自転車でなんぞ、とんでもねえ」
「県道は全部歩道があるがな。そこを通りゃあ危なかあねえやい」
「ダメダメ。危せえよ。自転車は畑とコンビニだけにしてくんない。あしたの朝、きてやるから、そん時行ぎゃあいいやい。床屋に送ってって、おらあ戻ってきて仕事すらあ。1時間もしねえうちにむけえに行ぎゃあいん

だんべ？」
「そりゃあそうだけどな」
　今日は畑に行かないってことは、あしたの直売所行きはなしってこと。それだけでもホッとすらあ。

　渋川での打ち合わせが予想以上に早く済んだため、関越道渋川インターから藤岡ジャンクション経由で上信道藤岡インターへ。３時10分に実家到着。あしたまたつぶされるより、今日のうちに床屋に連れてってしまえ。
　そしたら、いないんだわ、これが。自転車がありませんから、畑にかき菜とりに行ったに間違いなし。
「まあいいや。気分が乗ってるんだから、いっぺえとってくりゃあいいがな」
　とにかく僕はまだ風邪が抜けていないのだから、さっさと夕食と朝食の支度して帰っちまおう。
　スーパーで買った鶏から揚げ（父親のお気に入り）。ワカメと細切り野菜・薄揚げ・賞味期限スレスレのウインナーの和え物。豆腐と下仁田ねぎが残ってるから湯豆腐。カツオたたきサラダ。
　洗濯物の整理なんぞをしていて時間をくってしまったので、父親が畑から帰ってきてしまいました。
「新年会の折り詰めが豪華でなあ。握り寿司は食ったけど、料理の折りはそのまま持ってきたい。包み紙ひっちゃぶいてみたら、たまげたぜ。見てみろや。うんまそうだい」
　やおら、折り詰めの品を食べ始めます。
《そうだったよな、あんたはわけえ頃から、母親が料理をつくり終えないうちに、ひとりで勝手に食べ始めてたよな。子どもだった僕は、そんなあんたが嫌いだった。情けなかった。同じように野良で仕事をしてきた母親が厨房で奮闘しているのもお構いなし。酒を飲み始めていたなあ。そんな父親の息子であることがたまらなくつらかった》
　そんな遠い記憶がよみがえってきちまったよ。
　84歳の今、無邪気に料理をほおばる姿を見ていると、怒る気にもなりませんがね。

豪華折り詰めをたいらげたのですから、あとは湯豆腐を半分食べる程度なのは当たり前。
　まあ、いいさ。「不用になった３品は、かみさんの夕食用に持って帰れば、好都合だ」などと自分で自分を納得させる日に限って、かみさんからメールが入るのですよ。
「同僚とご飯を食べて帰ります」
　僕はまだまだ食欲なし。
　ああ、持ち帰った料理の運命は……☺☺。

オヤジがいない、さては　　　　　　　　　　　　　2018.1.19

《この、クソッタレオヤジがあ。こっちが風邪ひいてる中できてるのに、どこ行ってやがる》
　心の中で怒鳴り散らす。けさ８時に行ってみると、居間のテレビや照明はついているのに、父親の姿はどこにもなし。

　朝食は食べたようです。
　自転車がないので、
「けさの出荷用のかき菜が少ないとかゆうべ言ってたから、畑にとりに行ったかもしんねえ」
と思いました。でも、バラックをのぞいてみると、その出荷用のかき菜もありません。
「直売所まで自転車で行ったんきゃあ？」

　車で７〜８分ほどの直売所に飛んで行くと、ありました、父親の自転車が。棚にかき菜を並べている最中です。
「たけっしゃんよお、さみいのによく自転車できたいなあ」
「ああ、おめえかあ。あれえ、今日もきてくれるんだったんきゃあ」
「いつも通り８時にくるっつったじゃねえかよお。この真冬に自転車でここまでくるなんざあ、とんでもねえ。風邪でもひいたらどうする」
「そういやあ、さみいやいなあ。この自転車はてんで具合がいいやい。ス

イスイ進むしなあ。だけど風がすべてえやなあ。ほれ、とったばっかりの大根洗う時に使う肘まである長えビニールの手袋があるだんべ。あれえしてくりゃあよかったと思ったいなあ」

　無邪気なもんです。こういう相手に怒ったってしょうもなし。

　まわりの農協職員さんや農家の仲間が「自転車でくるたあ、たいしたもんだ」なんておだてるから、本人はますますごきげんに。あんまりほめねえでくれって。

「家からここまでの県道にゃあ、全部歩道がついてるから、そこを走りゃあいいけどな。でも、真冬はよしたほうがいんじゃねんきゃあ」

　こう言うのが精一杯です。

　自転車の後ろカゴにかき菜を積んで、直売所に持ってこようっていう気力をほめなければならないのは事実ですから。

《まあ、徘徊よりましだわなあ。それに比べりゃあ、幸せな悩みってもんかな》

　今日は、この後、床屋さんに連れて行く予定。

「ちっと待ってくれや。手がかじかんだままだい。炬燵であぶらねえとよお」

「ああ、そうしろ。体があったかくなってからにすべえ。ほれ、熱いお茶でも飲みない！」

　着ている黄色いオーバーは、実は元々僕が着ていたもの。長年着続けて襟の裏側の汚れが落ちなくなったり、ほかにもシミが落ちなかったり。でも捨てるにはもったいないので、農作業用に父親にあげたものです。かなりあったかいのよ。

　息子のお下がりのオーバー着て畑仕事とはね……☺☺。

寒い日に直売所から自転車で帰る

夢で見た来客に、ふとんを敷いて　　　　　　　　2018.1.23

　すっかり忘れていました。ケアマネジャーとヘルパーと看護師と僕の打ち合わせが今日午前10時からだったことを。
　ケアマネさんから電話があった時は自宅前の雪かき中。
　大雪で舞い上がっていました。
「雪の関係もあって、ヘルパーさんが、すぐに次の家に向かいたいって言っています。昼食は息子さんに頼めないかって」
　分かりました。正午には行きますって。大雪がどうなるか分からなかったきのう、コンビニで買った「温めるだけのカツ丼と、チキンのペペロンチーノ風」が残っていることでしょうし。父親ひとりじゃあ、どうやって食べるか分からんだろうし。
　実際、コンロに置いた鍋のみそ汁は、自分で温めて食べられるのですが、もっと簡単なはずの「レンジで温めるだけのカツ丼やスパゲッティー」は無理みたいです。
「いいところにきてくれたいなあ。どうするべえと思ってたんだい。食い方が分かんねえやいなあ」
「そうだんべえ。だから、飛んできたんさねえ」

　こたつの脇には自分が寝るふとん一式のほかに、もう一式のふとんが。
「なんだあ、このふとんはよお」
「ああ、親戚がきたんで敷いてやったんだけど、おっかしいんだいなあ。朝起きたら誰もいやあしねえ」
「寝ぼけたことを言うんじゃあねえよ。この大雪の晩に、親戚が泊まりにくるわけがねえ。夢で見たんでふとんを引っ張り出したんだんべえ」
「そうかあ？　おっかしいやなあ」
　多少カリカリきながらふとんを片づけて、こたつに座って、あっためるだけのカツ丼とペペロンチーノ風。豆腐と白菜のみそ汁。外は大雪の翌日の青空。のどかっていえば、のどかなもんです。

「ポカポカしてるからちょうどいいやい。風呂に湯うためるから、へえっ

てサッパリしろ。今日はこの後、畑に行がねえんだんべ？」
「ああこの雪じゃあ、かき菜もとれねえや」
「じゃあ、いいやい。湯にへえりな」
　風呂から出て、湯冷めしないようにさっさと服を着せて。
「靴下履くんはちょっと待ちない。薬塗っとこうや。足を出しな」
　実は父親は両足の爪が水虫に。これは珍しくないそうですね。それが最近分かったのです、訪問看護師さんの指摘で。
　だって父親の足の爪なんて、普段見ることないよね。
　それで年明けに皮膚科に行って、塗り薬をもらったわけよ。だからって自分でつけるような父親じゃなし。
《クソッタレがあ、なんでおれがオヤジの足の爪に薬塗ってやらなきゃあなんねえんだあ》
　心の中でののしりながら、たけっしゃんの足持って薬を塗る。
　この光景は写真に撮れないわなあ☺☺。

自転車で「アレ」買いに行ったんだい　　　　2018.1.25

　午後４時ごろ父親のもとへ。
「おお、さみいなあ！」
「ほんとだいなあ。おらあさっき直売所に行ってきたんだけどよお。行ぎはよかったい。だけど帰りは手が凍りつくみとうで弱ったい」
　直売所だとお、このクソ寒い中を。
「何しに行ったんだあ？　今日は今年で一番さみい日になるから外に出るなっつったじゃねえかい。直売所の様子が見たかったんかあ」
「そうじゃねえんだ。ほれ、あれ買いに行ったんだい」
「あれってなんだい。野菜かあ？」
「ちがわあ。ヘルパーに言われたんだい。いもとか大根煮るんに使うだんべ。真っ白のよお」
「砂糖かあ？」
「それよ！　それがなくなるっつうんで、しょうがねえ、俺が自転車で買いに行ったんさ」

「買い物なら俺がやるって言ってるじゃあねえか。火曜日だって、一緒にスーパー行ったんべな」
「そうだけどなあ。へっへっへ」
　これ以上怒ったって仕方なし。
《クソッタレオヤジがあ。おめえが風邪でもひきゃあ、一番困るんはこの俺だあ。笑い事じゃあねえぞ。なんのためにまいんちきてると思ってんだやあ》
　これはむろん、僕の心の叫び。
「**まあ、元気でいいやいねえ。俺なんか、この１週間、風邪が抜けなかったんによお**」

　気を取り直して夕食の支度。今日はベーコン、モヤシ、キャベツ、ほうれん草のバター炒め。ヒラメ刺しとメンマとミツバの和え物。寒いから豆腐と白菜の小鍋。
　材料を刻んでいると、背中から父親の声が。
「こらあ、なんだんべえ。真っ黒に黄色いなんかが……。ああ、こないだおめえと買い物した時に買った栗ようかんだがな」
　そういえば、あんたがほしそうに見てたから、ようかん１本買ったいなあ。
「よし、食ってんべえ。ちっと包丁貸せや。ちっとんべでいいやい。切ってみっから」
　自分でようかんを切り出します。
「ん、なかなかうんめえ。ほれ、おめえも食ってみない」
　腹が立ってきた僕は、背中を向けたままです。
《クソッタレがあ。人が忙しい中こここまできて、飯の支度してんのに、そこでノンビリ座ってようかんかじってるんじゃあねえよ。小学生じゃああるめえし。おめえの辞書にゃあ『我慢』とか『礼儀』みたいな言葉は載ってねえんか。だいたいおめえは昔からそういうわがまま人間だったい》
　こんなノノシリ言葉をグイッと飲み込んで、振り返って言うのであります。

「たけっしゃんよお、うんめえんだろう。俺も食ってみっかな。お茶でもいれっかなあ」

　なんとか、夕食に。
　途中に思い立って風呂のお湯張りボタンを。
「湯うためてるから、へえれや」
「今日はいいやい。ゆうべへえったから」
「嘘言うない。今週は月曜にへえっただけだい」
「そんなこたあねえやい」
「間違えねえ。俺が自分の帳面につけてあらあ」
「そうか。じゃあへえるかな」

　風呂に入れば入ったで、
「ああさっぱりしたし、あったまった。やっぱり湯にへえると気分がいいやいなあ」
《うっせえ、クソッタレオヤジ。勝手なことばっかり言いやがって。さっさと寝てくれ。おらあけえって、酒でも飲まなきゃあ、やってられねえやい》

おっかしな言動は当たり前なのだから　　　　　　2018.1.30

「これが、あかねえんだよなあ」
「なんだあ、テレビのリモコンがどうしたんだい。テレビが映んねえんかい」
「そうじゃあねやい。これがあかねえんさ」
　食事の支度をしていた台所に、父親がテレビのリモコンを持ってきて首をひねっています。
　ここで「だからリモコンをどうしてえんだい」などと言ってはいけないのでしょうね。

「寒くってよお。でもなあ、このストーブのどこ押してもつかねえんさ。

だからよお、寝るふとんにへえってな、我慢してたんさ」
「ファンヒーターのどこ押しても火がつかねえってよお、灯油のタンクがスッカラカンじゃあねえか。これじゃあ火はつかねえぜ」
「なんだ、油がねえんか。おらあ分からなかったい。んじゃあ、油を入れてくらあ」
　オイルファンヒーターがつかない原因が、灯油切れだってことが分からなくなってきたようです。テレビのリモコンを手にしていろいろ言うのも日常茶飯事。
「どうしておっかしいことばっかり言うんだあ」
　などと怒鳴ったって意味なし。

「あしたなあ、床屋に行ぎてえんだい」
「あしたかあ……。うーん」
「なんだやあ、忙しんきゃあ」
　あしたは午前中が県文化審議会。その後、1時半から地元紙の上毛新聞で打ち合わせ。その後、印刷会社に、ある人の句集制作の版下データを持って行きたいんだけどなあ。まあ、版下データ持ち込みは次の日にするか……。
「お昼過ぎの3時までにくらあ。それっから床屋に行ぎゃあいいだんべえ」
「それでいいやい。あした行げりゃあいいんさね」
　そうですかい。

　地域のゴミ収集所の掃除当番の札が回ってきました。
「こりゃあ、何すりゃあいいんだい？」
「ゴミ持ってぐところがあるだんべが。そこを掃除する当番だい」
「ゴミを集める日だけ掃除当番があるんかあ」
「いや、まいんち掃除するんだい」
「じゃあ、今日から一週間ずっとか？」
「そうじゃねえよ、今日だけだい」
「？？？？」

理路不整然極まりないですね。もちろん、腹も立たなくなってきましたが。
　今夜はすき焼き風の小鍋にしました。その前に茶碗蒸しを出してスプーンで食べてもらったのですが、すき焼きもスプーンで食べようとします。スプーンじゃあ、溶き卵の器に長くてツルツルするしらたきは持っていけませんって。
「たけっしゃんなあ、すき焼きは箸で食いない」
「そんなこたあねえや。これで食えらあ」
　父親はスプーンを手放そうとしません。仕方がないから肉や野菜やしらたきを箸でつまんで、父親の溶き卵の器に。
　うーん、ここまでになってきたかあ……。

　書けばきりがないなあ。このところ安定してきたって看護師さんたちから褒められてるっつうのによお。
　なかなかうんまくいかねえやいねえ。
「なんにしても、やっぱり、スプーンですき焼き食うんはよすべえ」

おめえのかあちゃんに土産だい
2018.1.31

「おらあ、何したらいいか分かんなくなってよお。ほれ、いくんちかめえに雪が降ったんべ。あれっから畑の雪が溶けねえから、かき菜あとるんがはかどらねえから、直売所に行げてねえやい。忘れっちゃわいなあ」
「ああ、もう一週間ぐれえ直売所に行ってねえやなあ」
「それでな。今日は雪も溶けてたから、とれたんだい。10袋よかまっととれたがね」
「そらあ頑張ったなあ」
「それでよお、人に頼んで直売所に乗っけてってもらったんさ。売り場の様子を見によお」
　どうやら、叔母さんに頼んで乗せてってもらったようです。
「あしたの朝は久しぶりに、かき菜あ持ってぐべえ。おめえ、きらんねえっきゃあ？」

「だめだい。朝の8時半までに大学行って、昼過ぎまでずっといっきりだい。晩飯の支度も、6時ごろじゃあねえときらんねえや」
「そうかや。じゃあ、誰かに頼まなきゃあなんねえやなあ」
　叔母さんに電話したら、OKとのこと。ほっとしますよ。

「それでなあ、直売所に連れてってもらったお礼に、売ってたイチゴ買って、パックひとつやったんだい。あとひとつあるから、持ってけえれや。かあちゃんと一緒に食やあいいがな。おめえのかあちゃんにも、いつも世話んなってるから、お土産持ってってくれや」
「おお、たけっしゃんよお、気がきいてるじゃあねえかい。うんまそうなイチゴだなあ。まっさか大粒でよお。こりゃあ、ありがてえや」
　今日はちゃんと気配りできてるじゃねえかい。
　やっぱり、農作業した日は、余計な幻覚も見えないみたいだね。
　きのうはどうなることかと思ったけど。
　やはり、この病には「張り合い」が良薬になっているのでしょうか。
「あしたの朝はきらんねえけど、木曜と金曜、土曜も朝は大丈夫だい。8時めえにくるから直売所に行ぐべえ。かき菜あ、いっぺえとっときない！」

介護最優先にならない日常を　　　　　　　　　2018.2.2

　きのうの朝、父親を乗せて直売所にかき菜を出荷。前日の売れ残りが5つあります。しかも2つは袋に入っていません。
「たけっしゃんよお、袋に入れねえでむき出しのまんま2つ出したんべえ？　これじゃあ売れ残らあ」
「あれえ、なんでだんべえ。職員が袋をぶっちゃばいたんじゃあねんきゃあ」
「ばか言うない。職員さんがそんなことするわきゃあねえがな」
　まあしゃあないよね。これは引き上げてこなきゃ。
　実家に帰って食卓を見ると、朝食は食べているようです。
「おらあ、すぐに高崎にけえんなきゃあなんねえんだい。それから前橋行って安中行って、4時ごろまたくらあ。それで6時半から、出なきゃあなん

ねえ会があるから、飯の支度だけして高崎にけえるけどな」
「なんだい、忙しいんだなあ。そんなんにわりいなあ、きてもらってよお」

　たしかにこの日は忙しかったのです。
　高崎で知人の展覧会を覗いて、前橋の印刷会社で頼んでいる本の最終ゲラ見て、磯部温泉にある安中市観光機構で打ち合わせして。実家で夕食と朝食の支度して、夜は友人のパーティーに出て。
　だからいったん帰宅して、多少はまともなジャケット着て、ウイングカラーのシャツに蝶ネクタイの１本も締めて。
　娯楽に本気で取り組まないと、心がしおれてきます。これじゃあ介護生活は長続きしないでしょう。
　この１年、そう考えて、パーティー出席や旅行なども、それまで以上に積極的に。かみさんにも同じようにしてもらっています。
　平日仕事している彼女が、「夫の両親の介護があるから」と休日すべてつぶしていたら、やはり長続きしませんって。
　だからバタバタしつつも、「１００パーセント介護優先」といった日々にはしないようにしています。

　ってなこと考えながら、食卓のすみに朝の薬を発見。
　もう畑に行ってしまった父親を追いかけて、薬と水を持って。車でスタート。
　畑でかき菜をとってる父親に、
「**朝の薬、飲んでねえやい。すぐ飲みない！**」

かき菜はてんぷらが一番だ　　2018.2.3

「おらがちの、かき菜なあ。ヘルパーさんに天ぷらにしてもらったら、うんまかったい。なんつったっけなあ、あの菜っ葉よりうんめえぜ」
「あの菜っ葉？　春菊かあ？」
「それそれ、**春菊だい**」

「かき菜あ揚げたら、そんなにうんまかったんか？」

「ああ、かき菜あ、揚げるんが一番いいかもしんねえぜ。そのことを紙に書いて直売所の棚に貼っときゃあ、まっと売れるんじゃあねんきゃあ」

「かき菜あ、畑にまだいっぺえあるんか？」

「ああ、まだ、なっからあらい」

きのう、父親がこんなことを。

「ああ、面倒くせえなあ。オヤジの販促チラシつくってやんなきゃあなんねんかなあ」

そう思って、今日の午前中に自宅で、かき菜のかき揚げをつくってみました。

かき菜は３〜４センチ程度のざく切り。これだけのかき揚げと、さらに輪切りの長ねぎと角切りベーコンを混ぜた、かき揚げ２題。

サラダ油は160度程度の低温。小さめのかき揚げで３分、大きめのものなら５分ほど揚げましょう。

サクサクのかき揚げが簡単にできます。

この写真を撮って、今までに実家で撮ったおひたし、和え物、ベーコンとかき菜炒め、かき菜焼きそばあたりの写真を盛り込んだＡ４サイズ１枚の販促チラシをつくりました。

僕が使うのは、編集用ソフトの「インデザイン」です。簡単にチラシらしきものができますよ。

ああ、今は「チラシ」じゃなくて「フラ

かき揚げリングでかき菜を揚げる

かき菜、長ネギ、ベーコンのかき揚げ

イヤー」でしたっけ。
　フライ用の鍋でかき揚げつくって、写真撮ってフライヤーづくりねえ……。

「たけっしゃんなあ、かき菜のチラシつくってきたから、あしたの朝に持ってぐべえ。かき菜の横に貼ってみようや」
「おお！　こらあすげえや。カラーの印刷じゃあねえっきゃあ。おめえ、これ高かったんべえ？」
「たけえもんか。おらがちのパソコンでつくって、横に置いてあるプリンターで出したんだから、ただみとうなもんだい」
「そうか、わりいなあ」
　まあ、パソコンとかプリンターって言葉は、理解してもらえないだろうがね☺☺。まあ、いいやいね。

かき菜とベーコンの焼きそば

汁まで全部飲んだ　　　　　2018.2.5

　それでね、先日つくったじゃないですか、父親用のかき菜販促チラシを。
　日曜の朝8時に実家にきて、かき菜を23袋、直売所に持って行ったわけです。もちろんチラシもね。
「今日は、ちいっと小さめの袋にしたんだい。だから20袋より多くなったい。いつもは170円だから、今日は120円ぐれえにするべえかなあ」
「ああ、そうだいなあ。ちょうどいいやい。横に並べてあるキャベツが280円だから、かき菜に120円のシールが貼ってありゃあ、グッと安げな感じになって、みんなが買ってぐんじゃあねんきゃあ」
「ああそうだ。それに、このカラーのチラシ置くんだから、みんなが買うだんべえなあ」

父親はごきげんでチラシをかき菜の横に並べます。

　家に戻って、父親を床屋さんに連れて行きました。終わるまで1時間半。それまでに、ドラッグストアやホームセンターで日用品の買い物。

　床屋さんで父親がさっぱりした後、実家に戻り昼食。今日は日曜なのでヘルパーさんはきません。

　昼食は何にするかって？　決まっています。先日僕が自宅でつくって食べた「かき菜炒めのラーメン」ですわい☺☺

　スーパーで買った生ラーメンに。炒める素材は、かき菜と冷蔵庫に残っていたたまねぎ、キャベツ、ウインナーソーセージ。

　ポーチドエッグは取りかかる前につくっておきます。

かき菜とチラシを並べる

「どうだい、たけっしゃんがとってきたかき菜をいっぺえ入れてみたい。後は冷蔵庫の残りもんだけどよお。うんめえかあ？」

「ああ、いいじゃあねえかい。かき菜は、馬鹿んならねえなあ。たまねぎやウインナーよりうんめえんじゃあねんきゃあ」

「分かってるじゃあねえかい。それにしても、炒めたかき菜はうんめえやいなあ」

「ああ、そうだ。ほんとだら、こういうかき菜ラーメンみとうなもんを直売所にきた人にちっとんべっつ食わしてやりゃあ、まっと買ってぐんじゃあねんきゃあ」

「そりゃあそうだけどよお、おらあ、そこまでつき合えねえやい」

　さてさて、そこそこ大盛りラーメンだったのですが、父親は完食。丼を持ち上げて、汁までググッと胃袋に。「あー、うんまかった。汁まで全部

飲んだ。ごちそうさん」くらい言うかと思ったら、こうぬかしやがる。
「ちっと、しょっぺえなあ、今日のラーメンの汁はよお」
《うっせえ、このクソッタレオヤジがあ。昔っから塩っかれえもんばっかり食ってたじゃあねえか、あんたたち夫婦はよお。おらあ子どもん時から、その濃〜い味つけがいやで、今の今まで、薄口で通してきたんだい。だけどよ、80歳こえたあんたに、まいんち薄味でも、物足りねえだろうから、仏心出して、ちっと濃くしてやりゃあ、こんな文句を平気で言いやがる》
　むろん、このノノシリ言葉はラーメンの汁とともに飲み込む息子であった☺☺。

「にいごお、さんごお、さんぱち……」 2018.2.6

　直売所の商品棚に置く「かき菜の販促チラシ」ですが、「かき菜ラーメン」の写真を追加して改訂。ついでにラミネート加工して、けさ、かき菜と一緒に持って行きました。これなら、破けないから長く使えます。女性スタッフも見やすい位置に掲げてくれました。
「小さめの袋だけど、26もできたい。みんな売れりゃあいいけどなあ」
「ここんとこ、全部売れてらいなあ。野菜、とくに葉物が少ねえから、お客さんが喜んで買ってってくれるんだんべえなあ」
「かき菜あ、天ぷらがうんめえやい。このチラシは天ぷらの写真が小せえやいなあ。ほれ、あれえ借りてきてよお……」
「なんだい、あれってのはよお」
「ほれ、あれだい、あけえやつよ」
「あけえ？　トマトかあ？」
「そうじゃあねえ、マジックなんとかって、あけえ線ひくペンみとうなやつだい。あれ借りてきてよお、天ぷらの写真にまあるく赤線ひくべえ。目立っていいぜ」
　仕事に本気になっているのはけっこうな話です。
　それでも値段シールを貼っていて3枚も余りました。
「おめえ、多く出したんべえ」
「ばか言うない。間違っちゃあいねえよ。棚の奥の方にシール貼ってねえ

んが3つあらあ」
　しっかりしてるんだか、してないんだか。

「花あ、買ってぐべえ。花瓶のユリが枯れちまってたいなあ」
　室内の花への興味は相変わらず。これもいいことです。
　250円、350円、380円の花束を抱えて「これぐれえで、いいだんべえ」とレジに向かいます。
　次に口にした言葉に驚きました。
「にいごお、さんごお、さんぱちかあ。1000円で足りらいなあ」
　おいおい、ちゃんと計算できてるじゃねえかい。シャキッとしてるね、オヤジ殿。
　家に帰ってきて、花瓶を洗って、買ってきた花を活けて。言うまでもなく、けっこうな話。
「たけっしゃんなあ、さっきまで花瓶にあったでっけえ葉っぱな。あらあ、まだ使えるだんべ」
　やっぱり、買ってきた花を花瓶に放り込むのが精一杯かなあ。そんなことを考えていたら、こうきました。
「あの葉っぱかあ。さっき花瓶洗ってな、一緒に洗ったんだ。ほこりがついてるからよお。葉っぱだって水かぶりゃあ、さっぱりするだんべえ」
　お見事です。父親は、その葉っぱを活け始めました。
「うん、やっぱり大きな葉っぱが背中にねえと締まんねえからな。これでよくなったい」

　夕食には、かき菜の天ぷらも。
　土曜日は僕が試験的に自宅で揚げたものを持ってきましたが、あれだけ、かき

花を活けるのが好きだ

菜の天ぷらにこだわっているのですから、やはり揚げたてを食べさせなきゃいけませんって。

かき揚げ用のリングが売ってるじゃないですか。あれで揚げれば素人の僕でも形が決まります。

「ほれ、揚げたてだい。食ってみない。大根おろし入れた天つゆにつけてな」

「おお、いい形してんな。サクサクしてらあ。こらあうんめえ」

父親は大喜び。やはり揚げ物は、揚げたてに限ります☺☺。

あんまりにもさっさと食べてしまったので、急いでもうひとつ揚げました。

つくるこちらも張り合いがあります。

マグロの山かけの小鉢、小ぶりなサンマの丸干し、そして、かき菜の天ぷらのメニュー。

それなのにサンマの丸干しは、ちょこっと箸をつけただけ。

「なんだやあ、こないだはこの丸干しがうんめえって言ったじゃねえかい」

「だってよお、かき菜の天ぷらのほうがうんまかったい。それえふたっつも食ったんだから、腹いっぺえだい」

そうかい。まあ、いいやいねえ。

「おめえ、そのサンマ、ぶちゃあるんきゃあ？」

「そんなもってえねえことするかいな。丸干しは、このまま俺が持ってけえらあ。レンジであっためて晩酌のつまみにするから無駄になんねえさ」

「朝の９時だけど、外が真っ暗だ」　　2018.2.8

「今、９時だよなあ。直売所に、かき菜あ持ってぐべえと思ってんだけど、外が真っ暗なんだい。おっかしいやいなあ」

ある晩の９時ごろ、父親から電話。

僕は仕事のつき合いで、繁華街のスナック。一緒に飲んでるおじさんの好みに合わせて、細川たかしの「望郷じょんがら節」（こんな題名だったっけか？）を歌っている最中に、ケータイが鳴りました。ポケットから

取り出して発信者を見ると、父親です。
「何があった、この時間に」
　ですよね。
　そしたら冒頭のセリフですよ。
　おそらく、僕が食卓に置いといた夕食を食べて、7時前には寝床に入ったのでしょうね。これは日常的パターン。
　何かの拍子に目が覚めて、時計を見たら「9時」。
「朝だ。かき菜あ直売所に持ってがなきゃなんねえ」
　なのに外は真っ暗闇。わけが分からなくなって、僕に電話してきたのでしょう。
「今は夜の9時だい。まだ朝じゃあねえんだよ」
「なんだあ、夜の9時だったんかあ」
「ああ、ずいぶん早く目が覚めたもんさね。まあ、もう1回寝床にへえって寝直しない！　あしたの朝8時ごろ行ぐからよお」
「そうか。今あ、夜か。起こしちまったいなあ。悪いことしたなあ」
「悪かあねえやい。おらあ寝てねえよ。まだ夕方に始まった会議が終わってねえんだよ（会議という名の宴会ね）。まあ、寒くねえようにして寝てくれや」
　まあ、心臓に悪いです。この時間帯に父親から電話があると。

　といったことがあって、翌日はいつも通り8時に実家へ。
　ゆうべの混乱もあってか、用意しておいた朝食はほとんど食べていません。ゆうべの薬もけさの薬も飲んでいません。
　卵焼きをレンジで温めて、みそ汁と一緒に食卓に。
「これだけ食って、薬飲んで直売所に行ごうや。俺もみそ汁一緒に飲むからよお」
　直売所にかき菜を置いて、月に1度診察を受けている藤岡市内の病院へ。ここから「アリセプト」をもらっています。
「素人が勝手に判断しちゃいけませんが、アリセプトの毎日の服用に加えて、畑仕事と直売所通いが、症状の安定に大きく貢献してるんじゃないですかね。父親の場合」

担当医師さんにこんな思いを伝えてきました。

　仕事のため高崎に戻り、夕方にまた実家へ行き、食事の支度。
　ウインナー入り野菜炒め、ヒラメ刺、台所に転がってる大量のじゃがいもの処理をしたくて、オジサン族が好きなポテトサラダを。
　冷蔵庫に残っていたのはたまねぎ、にんじん、きゅうり。でもこのきゅうりが２本ともいたんでいます。
　困ったなあ。
　そんな時、思い立ちました。
「毎日、かき菜、かき菜って言うから、父親も僕の日常もかき菜中心だ。ポテトサラダにもきゅうりの代わりにかき菜を入れりゃあいいがな」
　やってみました。
　ササッとゆでたかき菜。さらに生のかき菜も入れましょう。きゅうりもかき菜も緑色が共通しているし。
　見た目も美しい。
「なんだあ？　じゃがいものサラダにも、かき菜あ入れたんかあ」
「ああ。食ってみない！　うんめえからよお」
「ほんとだ。いげらあ。なんにでも合うんだなあ、かき菜ってのは。俺のが直売所で売れるわけだいなあ」

凍みた大根売るわけにはいかない　　　　　　　2018.2.10

「今日はなあ、かき菜は少ねえけど、大根が８本もあらい。180 円か 200 円で売るべえと思ってな」
　うわあ、きたあ。昨年秋に大根が絶好調だった畑には収穫しきれなかった大根が残っているという話は聞いていました。
　でもなあ、１月はじめにいくつか掘ってみたら、異例の冷え込みのせいでしょうか、中が部分的に凍っている、いわゆる「凍みている」状態でした。今、目の前にある大根もきっと……。
「大根かあ。おらあ素人だから分かんねえけど、中身は大丈夫なんきゃあ？　スカスカんなってねえかあ」

「そんなこたあねえやい。きのう直売所で大根見たんべ？　ほっせえやつが 160 円で並んでたがな」
「そうだけどよお……」
　せっかく、やる気満々なんですから、腐らせちゃあいけません。でも、あの畑の大根は不安だなあ。
「袋に詰めた大根な。1 本か 2 本切ってんべえや。それで中がよさげなら、直売所に持ってぐべえや」
「おめえも疑り深けえやつだなあ。じゃあ、袋ぶっちゃばいて、包丁で切ってみろい」
　そこで 1 本切ってみました。
　僕の予想通り、かなり凍みていて「こらあ、だめだあ」状態。念のためかじってみました。まあ腐ってるわけじゃないから、味はなんとかいけてます。大根の味です。だからって、こんなの売ったら、お客さんが文句言ってくるのは確実です。
「たけっしゃんよお、見てみない。凍みてて、だめだい。残念だけどなあ」
「あれえ、そうかい。他のはどうだい？」
　何本切ってみたって同じこと。2 本、3 本、4 本……。
「分かったんべ。こりゃあ売れねえぜ」
「そういやあそうだいなあ、みんな凍みてるなあ」
　ようやく納得したようです。やれやれ。直売所には、かき菜だけを持って行きました。
　ここでガッカリさせちゃいけません。
「畑の仲間が、じゃがいも植えてみるべえって言ってたじゃあねえかい。残った大根は諦めて、畑うなってもらって、じゃがいもつくりゃあいいがな」
「そうだいなあ」
　なんか父親は諦めきれない顔つきです。

　直売所に向けてスタートする前に朝食や朝の薬のチェック。大丈夫のようです。完食後、食器は流しに置いて、水をはって洗いやすくしています。

洗うまではできないようです。こりゃあ、しゃあない。ここまでできりゃあOKですって。

　この後、大学行って、帰りに印刷会社に寄って、印刷製本を頼んでいたある人の句集を受け取って。

　4時ごろに実家に行ったら、父親が畑から帰ってきました。
「あの大根をなあ、昼飯づくりにきてくれたヘルパーに頼んで、シャケと一緒に煮てもらったんだい。ほら、食ってみろい。うんめえから」
「腐っちゃあいねんだから、こんな風に甘辛く煮つけりゃあ、いい感じになるだんべえよ」
「そうだんべえ、うんめえやなあ。あしたは直売所で売るべえ」
「冗談言うなや。食えねえこたあねえけど、金とって売ったら、そりゃあ文句が殺到すらあ。売るんだけはよしない」
　この執着たるや、まあ立派なもんなのですがね。

ひとつ高みに立ったか　　　　　　　　　　　　　　2018.2.12

　凍みた大根の話を友人知人にしたら、多くの方々からwebや口頭でコメントや感想をいただきました。

　料理の工夫によって有効活用しよう、そんなご指摘は当然です。

　そのまま、あるいは凍みた部分だけ切り取って、煮物にする。もっと手軽な方法は、みそ汁に放り込む。味は問題なしです。

　野菜でも魚でも肉でも、日数がたって腐った部分があっても、そこを切り取って食材に使うべきなのは当たり前の話。

　僕たちは日常の食生活で、そうやってきました。
「どの食材も命を持っています」
　その命を無駄にしたならば、僕たち人間の存在価値をも否定することになるからです。

　その意味で、「畑から引っこ抜いてきてしまった」凍みた大根にしても、可能な部分をすべて料理して「成仏」させなければなりません。

　父親は、土と語り合って生きてきた農業者として、作物を無駄にはできないわけです。

ただ消費者の微妙な感覚を理解するには、病が厳しすぎるという気がします。
　それでも、この病によって、昔より「穏やかになった」ことは間違いなし。
　5年前なら、僕の言うことなど、「農業の素人が口を出すな」と、はねつけたでしょう。
　それが今では、
「おめえがそう言うんなら、しゃあねえやねえ」
　と引っ込むのです。笑みを浮かべながら。その笑顔が、言いにくいことを言った僕を、ホッとさせてくれます。
　彼は、病によって、「老境にある人間として、ひとつ高みに立った」と言えるような気がします。
　凍みた大根の出荷を息子に止められた彼は、近所の知人に配ります。
「凍みてたって、煮りゃあうんめえんさ」
　彼の行動の原点は作物への愛情と知人への感謝にほかなりません。
　その心情は最大限に尊重すべきではないでしょうか。
　むろん、アシストも欠かせません。配った先に行って、
「凍みた大根を差し上げたのは、悪気があってのことじゃありません。今の父親の精一杯の好意なんです。食べにくいでしょうから、遠慮なく捨てて下さい。ただ、本人に道で会ったら『うんまく食えらいなあ』といった言葉をかけてやってくれませんか」
　そうお願いして回る程度のアシストですが。

　けさも、かき菜を33袋、直売所に並べてきました。
　前日の30袋は「完売」でした。ごきげんで棚にかき菜を並べ、定価シールをひとつひとつ貼ります。
　1枚だけ、上下を逆さに貼っていたのは、ご愛嬌。
「おい、このイチゴうんまそうだし、いつもより安くなってらあ。ふたつも買ってぐべえ」
「家にまだあったんじゃあねんきゃあ。ひとつにすりゃあいいがな」
「ひとつは、おめえが持ってけえって、かあちゃんと食やあいいがな」

なんだい。380円のイチゴが、今日の僕の「日当」かい。高崎と藤岡の往復に1時間。出荷作業に1時間の合計2時間だから、時給にすると、190円といったところか。
「かあちゃんと食えば」か。
　あんたのかみさんは老健暮らし。しかもインフルエンザの大流行で、家族の面会も禁止だ。
　こんなにでっかくて甘いイチゴ、夫婦で食いてえやなあ……。
　居間に飾ったユリも満開になってることだし、それを眺めながら。

　仕事に戻ろうとして、ゆうべ洗濯機を回したことを思い出しました。ところが、洗濯乾燥機の中はカラッポ。
　縁側に、洗濯物が干してあります。
「たけっしゃんよお、洗濯物自分で干したんかあ？」
「ああ、朝起きて洗濯機ん中あ見たら、だいたい乾いてたんだけど、ちっと湿ってる気がしたんで、干したんだい」
「そうかい、お天道様に当たったほうが気持ちいいやなあ」
　けさは、僕にお茶を入れようとして、急須じゃなくて茶碗にお茶っ葉入れて悩んでたあんたが、洗濯物を自分で干せたんかあ。
　それ見ただけで「日当10万円ぐれえ」もらった気がすらあ。

ユリが咲いたいなあ

売れ残り品も、翌日完売　　　　　　　　　　2018.2.14

「あんまりいいねぎじゃあねえやい。まあ、直売所に出してみんべえ。まんざら売れねえこともなかんべえ」

長ねぎについては父親は自信なさげ。まあたしかに、あんまりよい出来ではなさそう。細めの長ねぎを5本ほど束にして100円で売ろうって魂胆。束の数は24。
「これえ、ふたつ束まとめて150円の値えつけたらどうだあ？」
「いいんだい、これで」
　おお、今日は譲りませんねえ、父親は。
「まあ、いいやね。棚に並べてみない！」
　それよりも、前日出荷したかき菜33袋のうち、9袋売れ残っている方が気がかりです。
「たけっしゃんなあ、かき菜がいっぺえ残ってらあ」
「あれえ、きのうまでは全部売れてたんになあ。どうしたんだんべ」
「気にするない。33袋で9袋残りだから、24袋も売れてらあ。すげえがな」
「まあ、そうだいなあ」
　こんな日もあるのでしょうね。いっくら葉物が品薄でも。
「はじめてねぎ出したから、お昼過ぎぐれえに売れてるかどうか様子見にきねえといげねえな」
「何時ごろ見にくる気だい？」
「1時か2時かなあ」
「おらあ今日は3時っから会議がみっつあるんだい。だから1時ごろ晩飯の支度にくるつもりだったから丁度いいやい。直売所に見に行ぎゃあ」

　一度高崎に戻って、打ち合わせを1本。また1時に実家へ。一緒に直売所をのぞくと長ねぎの束は17。いっぱい残っているのですがそれでも7束は売れています。
「たけっしゃんよお、たいしたもんだい」
　それよりも、父親を喜ばせる光景が。
　売れ残っていた前日出荷のかき菜の姿が見えません。9袋全部売れてしまったのです。
「やっぱり、今は菜っ葉が売れるんだいなあ。かき菜が終わっちまったから、もってえねえよなあ」

「たけっしゃんな、『まだまだ売れるんになあ』っつうとこで終わるんがカッコイイじゃあねえかい」
「そうかあ？」
「ああ。『余韻』っつうかよお。こういうんがいいんだい」
　いずれにしても、前日売れ残ったかき菜の完売にはうれしそうです。
「昼めえに、ねぎとってきたんだけどよお。今日はあったけえから、これっから畑行って、もうちっととってくんべえ」
「ああ、そうしない」
　これから何日かは、ねぎでいけそうかな。

父と息子で「販売戦略会議」　　　　　　　　　　　　2018.2.15

「やっぱりねぎは、あんまり売れねえなあ。おらあ、ねぎの専門家じゃあねえしな。どうしたらよかんべえ」
　前日並べた長ねぎは24束。けさ、直売所に行ってみたら、売れ残りが14束。
「10束も売れたんだから、たいしたもんだい」
「そうかやあ。今日は見栄えがいいように、束ごとに細長えビニール袋に入れてきたんだけど、きのうと同じ100円で売れるかなあ」
「そうだいなあ。袋にへえってると、よさげに見えらいなあ。立派なねぎだい」
　父親は「販売戦略」で悩み、工夫しようとしています。大仰なことができるはずもありませんが、僕は「彼にとって、いい感じの頭の体操になっているな」と感じます。

「なあ、たけっしゃんよお。ねぎ5〜6本でひとっ束じゃあねえか。これえ、ふたっ束か、みっ束ぐれえをまとめて、でっけえひとっ束にして160円ぐれえで並べたら、買ってぐんじゃあねんきゃあ」
「そんなでっけえ束にしてかあ？」
「おらあ、ねぎを買う時、そういう豪快な束に目が行ぐぜえ。『お買い得感いっぺえ』っつうやつによ」

「そうかあ。じゃあやってみるかなあ」
　農業のプロたる父親と、農業の素人の息子による「戦略会議」が続きます。
「かき菜ん時みとうな、目立つチラシをつくってんべえ。ちったあ目え引くかもしんねえしな」
　僕は農業の素人ですが、台所を預かる役割を負う消費者としてはプロです。
　その感覚での提案ですが、父親も興味ありそうに聞いています。
　直売所への行き帰りや、実家でお茶を飲みながらのこんな会話が、彼の病の進行を抑えている気がしてならないのです。

「今日はあったけえやなあ。あしたはまた寒くなるっつってたぜえ」
「まったく、まだまだあったかくはなんねえやなあ。たけっしゃんよお、畑行ぐ時は寒くねえようにしなよ」
「榛名から赤城がよく見えらあ。浅間あ、真っ白だなあ。赤城の上の方だって、いつもはしれえんに、今日は違わあ。どうしたんだんだんべ?」
「雪が少ねえんだんべなあ、今年は。あの浅間の隣の白根山が、こないだ噴火したいなあ」
「浅間が噴火したらおおごとだいなあ。ほれ、おめえが高校入試の朝だったっけかなあ、浅間が噴火したいなあ。でっけえ音がして煙があがってよお」
　車中でこんな会話。周囲の景観への観察意欲が旺盛なのだから、話に弾みをつけなきゃいけませんね☺☺。
　それにしても、僕の高校入試なんて45年も前のこと。
「なっからめえのことだぜ、よく覚えてんなあ」
「当たりめえだい。おめえが自転車で試験に行ったじゃねえか。まさか浅間の石は飛んでこねえだろうけど、親とすりゃあ、おめえ、けえってくるまで心配だがな」
　そうかい、親ってそういうもんだいねえ。

　午後に2件の打ち合わせを済ませて、夕方実家へ。

まずは、風呂にお湯をためて「湯にへえれ」。
　夕食は「残り物整理の日」。冷凍しておいた鶏肉に、じゃがいも、にんじん、たまねぎ、さらにはずっと前から冷蔵庫にあった固形のカレールーで、まあ「チキンカレーライス」の「ライス抜き」ね。
　あとは、魚のみそ漬け焼き、サラダね。
　チキンカレーは気に入ったらしく、ほぼ完食。チキンとにんじんがひとっかけずつとカレーがちょっと残りました。
　食い意地がはっている僕は、これを捨てることができず、持ち帰って1杯やった後で、残りご飯にかけて食べたのであった。
「なかなか、うまいじゃん、これ☺☺」

「うんまかねえやい」3連発　　　　　　　　2018.2.21

《このクソッタレオヤジがあ。仕事が遅れ遅れだっつうんに、毎朝直売所通いするんにきてるっつうんに、その言い方はなかんべやあ》
　何に腹が立つったって、父親にですわい。
　前夜準備したサバ干物焼き、野菜サラダ、ご飯、みそ汁の朝食。サバには「レンジで1分あたためる」のメモを貼り付けておきました。
　午前8時に行ってみると、朝食の途中。その際の言い草に腹が立つ。

「トマトがうんまかあねえやなあ」
　ここまではいいのよ。いろんな店でいろんなトマトを買います。その味をけなされたって、僕は傷つきませんよ。これは栽培者の責任だし、僕自身も「このトマトは、外したなあ」と実感してましたから。
「いろいろ切り刻んであるんも、うんまかあねえやね」
「あんたは昔っから生野菜はきれえだったいなあ。体にいいと思うから、サラダつくってんのによお」
「そうっきゃあ。まあ、うんまくねえもんは、しゃああんめえ」
　だんだん僕の表情が険しくなってきているのが、自分でも分かります。
《うっせえ、ふざけやがって、ふざけやがって》
「それになあ、魚もうんまかあねえやね。こりゃあ、サバかあ？」

うわあ、朝、顔を合わせたとたんに「**うんまかあねえやね**」の3連発かい。もうちっと違う言い方があるだんべによお。
　彼は別に悪意で言っているわけじゃなし。世のお父さんたちは、多かれ少なかれこんなもんでしょう。この人は、こうやって60年以上、自分の妻にこんな言葉を投げかけてきたのでしょうね。
　彼女がここ10年くらい、恨み言？を口にするのは、分かる気がするなあ。

　まあ「気分は小学生」に戻っている人を相手に怒ったって仕方なしに。「うまいまずい」「好き嫌い」は言ってもらったほうが、僕としてはやりやすい。
　その日の夕方になって夕食をつくったら翌日の朝食を考えましょう。
「**たけっしゃんなあ、あしたの朝飯はここに置いとくわ。ラップのままレンジで1分あっためて食べない！**」
　ニコッと笑って、実家を後に。忍耐力を鍛えられるなあ☺。
　とはいえ、車をスタートさせた瞬間、自分しかいない車内で叫ばずにはいられないのです。
「**クソッタレがあ。あしたの朝、おんなじことぬかしやがったら、絶対に許さねえ。はっくらけえしてくれべえ**」
　あしたの朝は、あんたの大好きな塩ジャケ、だし巻き卵、ほうれん草のおひたしだ。生野菜がひとっつもねえだんべえ。これで『**うんまかあねえやね**』なんてぬかしやがったら……」。嗚呼☺☺。

こうもぬかしやがった　　　　　　　　　　　　　　2018.2.25

「**今日は、朝はきねえんだったいなあ。だけどなあ、きてもらえねえっきゃあ？　かき菜がちっとんべえあるんだい。直売所に持ってぎてえんだ**」
　日曜朝の7時に父親から電話。
　そういえば、前夜なんか言ってました。
「**かき菜あとってきたんだけど、どっかに行っちゃったんだいなあ**」

「ばか言うない。畑のかき菜は取り終わったって言ってたんべ」
　そんなやりとりはありました。
「おいおい、ほんとにかき菜があるんかあ？　ってことは、よそんちの畑の作物をまさか……」

　不安になりました。というのも、前日の朝に行った時、割り箸に細長く切った紙を挟んだ物をたくさんつくっていたからです。
「なんだあ、こりゃあ？」
「かき菜のなめえを書いてさ。売り場に立てときゃあいいかなと思ってな」
「だって、たけっしゃんよお、かき菜が終わって、ねぎも終わったじゃあねえかい」
「それがよお、まだあるんさね。だけども、夜中にどっか行っちまったみとうだい」
　ああいかん、夢と現実がごちゃまぜになってるのかもしれない。
　さらに夕方行った時には、実家のお向かいにある親戚の畑からむしったかき菜の葉っぱを広げてストローをつっとして（つきさして）並べてありました。
「こりゃあ、何するんだやあ？」
「これえ、天ぷらにしてもらうべえと思って、こいつつっとして葉っぱを広げてみたんさ」
「そりゃあ無理だい。油に入れたら、ストローがすぐに溶けちまわい」
「そおっきゃあ。うんまかあねえかい？」
「まあいいがな。ストローは抜いて天ぷらの衣つけりゃあいいんだからよお。そのままにしときない」

　次の日の朝、実家へ向かう車の中でいろいろ考えました。親戚の畑の物をとったのなら、謝れば済みます。でも、それ以外の人の畑だったら……。
　あるいは、前日から言っていたように、けさもかき菜の幻影が見えているのだとしたら……。
　心臓に悪いなあ。

ところが意外。確かにバラックには、袋詰めしたかき菜があります。
　本人は台所で、前日僕が置いて帰ったホッケ焼きと和え物で朝食の真っ最中。
「あれえ、早かったなあ。朝っからかき菜あ、ちっと大きめの袋に詰めけえてたんで、今、朝飯だい」
　平然としています。
　まあ、ここで「どこにかき菜があったんだい」と問い詰めてもらちがあかないだろうし、実際に出荷の用意ができてしまっているのだから「しゃああんめえ」。
　とにかく出荷してから考えよう。

　かき菜もねぎも終わって、数日ぶりの直売所なので、父親はうれしそうです。
　これはこれで大事なのよね。
　その後、かき菜がまだあった畑に回りました。たしかに、畑の隅の方に取り終わってはいない感じでかき菜が残っていたのを確認して、ひと安心。
「冗談じゃあねえぜ、まったく」
　とにかく昼食の支度だけして、仕事に。今日はこの後は事務所にこもり、遅れ遅れの仕事。
　夕食の支度のためにちょっと買い物して、再び実家に着いたのは午後5時20分。
　僕の顔を見た父親は、こうぬかしやがった。
「あれえ、夕方はきらんねえんかと思ってたぜ」
「仕事済ませて、晩飯つくりにくるって言ったんべな」
「そうかあ。忘れちゃったい。さっき自転車でセーブオンに行ってなあ。弁当買ってきて、もう食べたんさ」
《このクソッタレオヤジがあ。この買い物袋の中身をどうしてくれるんだい。こなくていいんなら、仕事がはかどったんによお。この無駄な時間をけえせ！》
　こんなふうに怒鳴りたいよね、できるのならさ。
　でも、怒ったって何ひとついいことなし。

「そうかい、飯食ったんかあ。じゃあいいやい。買ってきたもんはあした食やあいいがな」

　我慢強くなっていることに自分自身で気づきます。

「それじゃあよお、風呂沸かすから、湯にへえれ。そんで、足に薬塗りゃあいいやい」

　風呂上がりにの父親の足持って、爪やかかとに薬塗って。
《父親のかかとを持って、薬塗ってる図は、あんまりカッコイイことないなあ。知り合いの女性軍や女子学生たちには見せらんねえなあ》
　仕事は進まないし、目の前のオヤジの足の爪がこっちに迫ってくるし、脇のテレビじゃあオリンピックの金メダリストのニュースやってるし……。
「世界一かあ、それに比べて僕は何しとるんじゃあ？」
　けっこう「自虐の詩」っぽい気分になるのであります。

うどんの「こ」を持ってきてくれや　　　2018.2.26

　財布を忘れたまま出かけることがありませんか？　僕はよくあります。財布、名刺入れ、ケータイなどね。
　先日の夕方、実家近くのスーパーに行き、入り口のところで、尻ポケットに手を当てると「財布がない」。
　カバンにも車内にもない。朝、出先で財布を出した覚えがあるから、その後家に戻った時に忘れてきたのでしょう。それに、このスーパーはクレジットカード払い不可。
「しゃあねえやい。実家にはなんか材料があったんべ」
　こんな時には「救いの神」も登場します。
　実家に着いて食卓を見たら、昼食づくりのヘルパーさんによる野菜天ぷらと野菜炒めがあります。
「なんもつくらんでいいなあ」
　そこへ、さらに隣家のおかあさんがきて、
「うどんつくったから食べてよ」
と、めんつゆも一緒に差し入れてくれました。

さっそく、あったかい天ぷらうどん中心の夕食に。よかったよかった。
　うどんに箸をつける前に、父親が言います。
「『こ』がねえやなあ。『こ』を持ってきてくれや」
「ああ、刻んだねぎとゆずの皮があらあ。これえ、うどんに入れない。野菜の天ぷらも一緒に食やあいいがな。ごぼうの残りがあるから、キンピラつくるべえか？」
「そうかい。やっぱり『こ』がねえとなあ。これで、ひと味違わいなあ」
　そういえば、僕が子どもの頃から、まわりの大人は、うどんやそばを食べる時、いわゆる「薬味」を指して「こ」という言い方をしていました。
　しかも「こ」は、刻みねぎ、わさび、おろししょうが、青じそ、ごまなどにとどまりません。ごぼうのきんぴら、ゆでた青菜やなす、煮豆、かぼちゃの煮つけ、かき揚げ、だし巻き卵……。薬味だけでコース料理になってしまうほどの内容。
　食が豊かでなかった時代、群馬県人はうどんを出すにも、周囲を駆け回って野菜類を集めて、料理して「うどんと一緒に食べて」と並べたのです。家族に、来客に、精一杯のおもてなしをしたわけです。
　それが全国でも極めて珍しい「こ」という豊かな薬味文化となって今日まで残っているのです。
　僕は自宅宴会で「締め」にうどんを出して、この「こ」を並べることがよくあります。群馬の誇る食文化を知ってほしくて。

　まあ、父親がこういう意識で「こ」という言葉を使い続けてきたとも思えませんがね😊😊。

なんとも豪華な薬味文化たる「こ」

❺ なっから調子よさげじゃねえっきゃあ

「出張かあ？」「まあ、そんなもんだいね」 2018.2.27

　昨年から懸案だった大腸のポリープを内視鏡で切り取ってきました。2月下旬の1泊2日。

　なかなか味わい深いもので、医師による作業の30分ほど、横たわる僕は目の前のモニター画面を見続け、時おり医師と言葉を交わします。

　ポリープを切り取る時って痛いのかと思ったら、感覚なし。勉強になりますわい。

　ただ、年末に高崎市内で見つけたいい感じのホルモン焼き屋に行っても、楽しく食べられるかどうかが怪しいなあ☺☺。

　ってなことで1日目の朝から2日目の昼まで病院に。

　月曜と火曜だったため、父親の朝食は前日の日曜夜に用意。昼食づくりのヘルパーさんに「夕食用にもなんかつくってって」と依頼済みなので夜は大丈夫。

「たけっしゃんなあ。月曜の夕方はきらんねえや。晩飯は昼のヘルパーさんがつくらあ。火曜の朝飯は、『レンジでご飯』をあっためて、卵でもかけてしのいでくれや」

「出張かあ？」

「まあ、そんなもんさね。火曜の昼飯はヘルパーさんがくらい。晩飯はつくりにくるからよお」

　日曜夜の帰り際にこう言ったけど、覚えててくれるかなあ？

　食卓には「月曜朝のくすり」「月曜昼のくすり」「月曜夜のくすり」「火曜朝のくすり」とそれぞれ書いたメモ用紙に、所定の薬を貼り付けて。1週間×3食の薬箱に入れておいたって、期待できないのが現実だし。

　まあ、曜日や日付の認識が鈍くなっているので、あんまり意味ないんだけどね。忘れずに飲んでくれたらラッキーってわけだ。

2日目は予定通り午後1時に退院して、打ち合わせを2件。
　5時には実家へ。
　ヘルパーさんの連絡帳を見ると、うまく薬を飲んでいるようです。
「今日はなあ、家のめえの畑にサク切ってな。じゃがいもの種植えたんだい」
「畑仲間の人と一緒かあ？」
「ああ、やつが手伝ってくれたから、なっからはかどったい。植えたサクのはじに竹竿つっとしてな、これが目印だい。そっから先は別のもん植えべえかと思ってな」
　農家の息子のくせに、僕は子どもの頃から農業談義に関心ないんですが、父親の心の安定のためにはつき合わなきゃなりません。
　とにかくサッサと晩飯つくって食べてもらって、朝飯つくって、風呂に入れて、足に薬塗って、サッサと帰りたいのですよ、今日は。
「業務終了」して、玄関を出ようとしたら、奥にいる父親がなんか大声上げながら歩いてきます。
「おめえよお、この家にいるんは、俺とおめえのふたりだいなあ」
「そうだい。年子さんは、まだ病院の中じゃあねえか」
「そうだいなあ、ふたりだいなあ。だからおめえがけえったら、俺がひとりで寝りゃあいんだいなあ」
「そうだい、あったかくして寝なよ」
　いかんなあ、また誰かが見え始めたかなあ……。

息子の「お下がり」のシャツを　　　　　　　　　　　2018.3.1

　いいことなのかどうか、よく分かりませんが、父親に僕の「お下がり」のシャツ3枚を押しつけてきました。
　入浴、着替え、洗濯を続けて気がついたのは、「長袖シャツがあんまりないなあ」ってこと。半袖シャツはそこそこあるのに。
　これ、畑仕事用のシャツの話です。
　思うに、ここ何年か衣類についてまともな買い物をしていなかったのかもしれません。

昨年の夏に半袖シャツを３〜４枚買った記憶がありますが、長袖シャツが少ないことに気がつきませんでした。
　僕の着古した長袖シャツ３枚を持って行ったのは、とりあえずの間に合わせです。

息子からの「お下がり」のシャツ

「たけっしゃんなあ。晩飯のめえに、このシャツ着られるかどうか試してみべえ。ちょいっと着てみない！」
「なんだあ、シャツかあ。なっからワケエシげなやつだいなあ」
「ああ、俺が最近着ねえでタンスにしまってあるやつだい。おんなじＬだから、畑行ぐんに着てきゃあいいがな」
「おめえのかあ。ハイカラなシャツだいなあ」
「そのうち新品買ってもいいけど、まあ、着られりゃあ着てくんない。息子のお下がりでわりいけど、ちけえうちに店に買いに行ぐべえ。それまでの間に合わせだい」

　父親はひとつひとつ着てみては、まんざらでもなさそうな笑顔。
「こらあ、いいじゃねえかい。おめえにゃもらってばっかりで、わりいなあ」
「畑へ行ぐんに着るんだから、新品じゃなくってもいいやいなあ」
「ああ、そうだ。これぐれえがいいあんべえだい」
「今日は畑に行ったんか？」
「ああ、家のめえの畑にじゃがいもの種植えたんべ。あれにビニールかぶせてたんだい」
　農作業の詳細は分かりませんが、その作業で味がよくなるのだそうです。
「ひとりだからよお、手間あかからあ。年子はまだ病院だしなあ」
　おいおい、僕に手伝えってんじゃないだろうね。これ以上、時間をさくのは無理よ。

　今夜は具だくさんのけんちん汁もつくったのですが、父親がそれを見て、

「餅がまだあったいなあ。それえ入れてお雑煮にすんべえ」

冷凍庫に保存していた餅のことをよく覚えているね。

イカ、じゃがいも、キャベツ、もやしなどの炒め物も出しましょう。サッサと炒めて食卓に。

じゃがいもを口に放り込んだ父親がひと言。

「じゃがいもがまだこええやなあ。もうちっと炒めたほうがやっこくていいやい」

《うるせえ。こりゃあ、こええんじゃあなくて歯ごたえがあるっつうんだあ。いやいや、こればっかりは好みの問題よねえ。僕が悪かった☺☺》

ハイカラ？だいねえ

レジの支払いでは、やさしく対応してね　　　2018.3.5

いつも思っていることって、実は忘れがち。それを人から言われたり、文章を読んだりすると、改めて心に刻んだりします。

新聞もたまにはいいこと書くなあ、などという思いに浸りながら、先日の某紙を。

下仁田高校での認知症サポーター講座の記事が載っていました。高校の取り組みのリポートだけに、高校生や中学生、あるいはもっと年下の読者を意識したタッチの文章かも。

認知症を支えるポイントとして、「ゴミ出しへの配慮」「レジでの支払いでのやさしさ」「道迷いへの対応」を具体例に挙げています。

「不燃ゴミと可燃ごみが一緒になっていても怒らない」「ゴミ収集日に声がけする」「レジでコインを使う際に、さりげなくサポートする」などなど。

当たり前っつやあ、当たり前の対応ですが、これが新聞記事になるってことは、世の中では、できてないってことか。

「たけっしゃんよお、このゴミ箱に、空き缶入れるなって。こらあ、燃えねえゴミだい。こっちに置いてある箱に入れてくんない」
「ああ、ダンボールもおんなじだい」
「読み終わった新聞入れる袋に、折り込みチラシ入れるんじゃあねえよ」
　口うるさい息子に、父親はうっとうしそう。
「ああ？　なんかめんどくせえこと言うなあ。分かんねえやい」
　そうだよなあ、ここで怒っちゃあいけない。なんの解決にもなりゃしません。
　近くのスーパーのレジで父親が買い物の支払い。
「ほれ、合計で1382円だとよ」
「そうか、じゃあ2000円払うべえ」
「だめだい。そんなことやってるから、財布の小銭入れんとこに、小銭がいっぺえたまるんさ。札は1枚でいいがな。ほれ、百円玉がいっぺえあらあ。3枚出しない。1枚っつ出してここに置きゃあいいんだい。10円玉もなっからあるじゃあねえっきゃあ。1枚っつ8枚置いてみ。あとは1円玉が2枚でいんだい」
　知ってる店だと、レジの店員さんが、
「ゆっくり出してくれればいいですよ。ほら、あと82円ですよ」
　なんて声をかけてくれます、笑顔で。
「10円玉と1円玉かい。ちっと待ってくんない。今、数えるからね」
　父親もゆっくりコインを数えます。おサイフケータイやクレジットカードでの買い物より、断然優れていると思います。現金での買い物って。父親には。
　買い物は好きですから、できるだけ自分で品選びから支払いまでしてもらうようにしています。
　その行為すべてが、今の彼の安定に役立っていると思います。

　そういう僕にしても、日常の買い物での支払いで戸惑うことが多くなり

ました。財布からサッサとコインを出せないし、100円玉と1円玉を間違えるし（色、似てるよね）、数が合わないし。

　レジの人はいつもニコニコ顔で応対してくれます。

　これって社員教育のよさなのでしょうか。

　それとも、1月に60歳になった僕だけに「おじいちゃん、ゆっくり落ち着いて財布からお金出してね」と思われているのでしょうか。

　ウーン……。

着信表示に「ぞっとする」ことが　　　　2018.3.7

　ケータイに着信。

「誰かな？」

　着信表示に父親の名前と、母親が入っている老健施設名が浮かぶとゾッとします。

　九割九分、いい話じゃないからです。

　おとといも、ありました。正午すぎに父親から。

「あれえ、おめえは今日はうちにいるんきゃあ」

　僕のケータイの番号を、固定電話番号と思い込むのなんて、どうでもいいことです。

「おらあ、電話持ち歩いてるんさ。たけっしゃんのめえで電話してることがあるんべや。今あ、そういう世の中なんさあ」

「そうっきゃあ。おめえ、今日は夕方にくるんだったっけなあ」

「ああ、晩飯の支度しに5時ごろ行けると思うけど、どうしたい？」

「昼めえにな、畑行ったんだい。1月にとったかき菜がまたとれるようになっててな。10袋よりいっぺえあるかなあ。そんなぐれえとってきたんだい。おめえが今きられるんなら、直売所に持ってごうと思ってな」

「……」

《何度でも言ってやる、腹ん中でな。このクソッタレオヤジがあ。おめえの気まぐれで急に畑行ったからっつって、いつでもつき合えるわけねえじゃねえか。今、仕事中だい》

　こう怒鳴る代わりに、1回深呼吸して、心を落ち着かせます。

「今すぐはダメだい。あしたの朝１番で行ぐから、それでよかんべえ？」
「あれえ、そうだったかい。じゃあ、あしたでいいなあ」
「そうしない！　とにかく今日の夕方に行ぐから」

　これだから、実家発の電話はいやなんです☺☺。

　まあ、「まいんち飯の支度にきてくれるんは、おめえの弟だったっけなあ」とかいった電話に比べりゃあ、のどかなもんですがね☺☺。

　その日もつつがなく夕食と入浴が済みます。
「ほれ、長袖の肌着がこれだ。その上に俺が持ってきたシャツでも着りゃあいいだんべ」
「そうかい？　おめえのは袖が長すぎやしねえかあ」
「いいやね。袖のボタンしめりゃあ、その上にセーター着るんだから見えねえやね」
「そうかや。だけどボタンがよく締まんねえやなあ」

　シャツの胸ボタンや袖ボタンをしめるのもひと苦労になりましたなあ、最近は。でも、自分でやってもらわなきゃあね、できるんだから。世話を焼きすぎちゃあいけねえやねえ。

　翌朝８時に行ってみると、表の門口にビールケースを置いて座っていました。天気はいいし、日なたぼっこする老人の図です。
「おお、早かったなあ。かき菜の袋が21もできたい。まあ、お茶でも飲んでぐべえ」
「ああ、そうだいなあ。いっぺえごちそうになるかな」

　お茶なんかほしくないのよ。サッサと直売所に行って、サッサと事務所に戻っ

息子に「お茶でも飲みない」

て仕事したいのよ。いろいろ作業が遅れてて、お客さんに怒られそうなんだから。

でも仕方ないよね。家から出て門口で待ってられちゃあね。僕の車が近づくとニコッとしながら手を振るんだから。

家に入って、父親がいれたお茶飲んで、ひとしきり世間話して。

近所の人がきたとしたら、のどかな光景に見えることでしょうね。僕はイライラしているんですが。

「ああ、朝だけのつもりが、また午前中いっぱいつぶれそうだい。なんとかしてよ、まったく」

汚いヒゲを剃りない！ 2018.3.12

昨夏の背骨圧迫骨折をきっかけに、病院から老健施設と、自宅を留守にしている母親。

背骨の痛みはなくなったようですが、長期入院生活で「病」の進行はいたしかたなし。特に短期記憶がないため、5分後には同じことを口にします。

もっとも、僕が子どもの頃から、近所にはこんなおじいちゃんやおばあちゃんがたくさんいた気がします。こういう人を、お年寄りっぽく感じたものです。ある意味ほほえましい光景として。

それはさておき、母親が入っている老健施設が全国的なインフルエンザの流行で家族面会禁止となっていましたが、3月に入ってようやく普通に戻りました。

早速父親たちとお見舞いに。

運悪く、父親はヒゲボーボー。はっきり言えば見苦しい顔です。

母親は妻としてガマンならないのでしょう。

「その汚いヒゲをなんとかしたらどうかねえ。みっともない。ヒゲ剃る時間ぐれえありそうなもんだいねえ」

「それがよお、まいんち畑に行ってるから、ダメなんだい。剃ってる暇なんかねえやい」

「そんなことがあるもんかね」

母親の「夫批判」はヒートアップしてマシンガン化。
　息子としては、話題をそらすのに必死。
「まあ、いいじゃねえかい。たけっしゃんはほんとに忙しいみとうだい。それよか、まいんち、飯はちゃんと食ってるんかあ？」
「まわりのみんなが『食べりいな』っつってくれるから、こっちもその気になるんさね。早く家にけえりてえから、ちゃんと食べてるんさ」
「そりゃあいいやいなあ。もうちっとあったかくなりゃあ、家にけえれるだんべ」
「早くけえりてえやねえ。こないだも、ここの人がみんなで風船突いて遊んでたから、かててもらったけど、家へけえって近所の人とお茶飲んでるんがいいやいねえ。それにしても、そのヒゲなんとかなんねえんかい」
「分かったい。マスクでもして隠すから、これでよかんべえ」
　まあ夫婦げんかも、もしかしたら２人には刺激になっていいのかなあ。そんな気にもなります。程度問題ですがね。
　ともかく、家に帰るのは、もうちっと先かな。トイレや廊下の改修、ベッドの手配とかしなくちゃなんねえし。

何やってるんだろう、僕は　　　　　　　　　　　　　　2018.3.14

　１年前には、父親の目の前に連日登場した「20年前に他界した実母（僕の祖母）」が、すっかりご無沙汰となりました。
　これは服薬の成果なのでしょう。
　ただ、ひとりっ子の僕に向かって「**おめえの兄貴は達者かや**」発言や「**この家にゃあ、俺と年子と、もうひとりいらいなあ**」発言は、たまに出てきます。
　おとといは、夕食の支度中に、待ちきれないのか、コップにしょうゆをさして飲もうとしたので、お茶を入れてやりました。お茶菓子がないからと、食卓に置いた生のほうれん草をバリバリ。生野菜を食べるのはいいことですが、この場合の行動は、よろしいものではないでしょうね。
　夕食の前に風呂に入ってもらったのですが、風呂から出て、夕食の間も、その後も、食卓の上や床には、細かな虫のようなものがたくさんいたそう

です。
　一生懸命に虫を払おうとする仕草を続けていました。
「おめえ、こんなにいっぺえ虫がいたんじゃあ、飯も食えねえや」
「そうかい。じゃあ後で全部払っとかあ。それより、あそこの花瓶のユリが開いてきたがな。きれえなもんだいなあ。よく見てみないね」
「あれえ、そうだいなあ。直売所で買った花も、ばかんなんねえなあ」
「そうだいなあ。ほれ、この煮魚、食べてみない！」
「こりゃあ、なっからうんめえやなあ」
　話題を変えるのがいいみたいです。

　きのうの朝はまだ調子がよくなさそうでしたが、かかりつけの泌尿器科に薬をもらいに行くと、看護師や医師にはニコニコ顔で語り始めます。
　前立腺肥大症と神経因性膀胱の治療のための服薬を続けています。尿意を感じないまま失禁することがあるため、医師の判断で紙製のリハビリパンツと、尿取りパッドを使っています。
　認知症が重なっているため、膀胱のコントロールが難しく、時として尿意を感じないまま失禁にいたるということのようですね。
「夜中に尿意を感じてトイレに起きればよいが、感じない場合もある。念のため、寝る前にリハビリパンツなどを新品に取り替えたほうがよい」
「起きている時、尿意を感じなくても１時間おきに便器に座ってみるのもよい方法です」といった指導を受けています。
　ですから朝昼晩と１日３回取り替えます。いつも16枚入りを３つで48枚ずつ買います。購入金額は7000円ほど。それを１日それぞれ３枚使うと16日分。
「ってことは、ひと月14000円弱かあ。１年で17万円ね。そこそこ痛いなあ。ごく一部の枚数については市からの補助があるにしてもですよ」
　夕方、夕食を終えて寝ようとしたので、ひと言。
「リハビリパンツとパッドを取りけえべえ」
「そうだいなあ」
　パンツやパッドに失禁している場合は、そこにたまった尿の臭いがします。稀ですが、ズボン下やズボンに漏れ出していることも。だから毎晩寝

る前には取り替えるわけです。ズボンなどが濡れている時は、すぐに洗面台で水洗いしてから洗濯乾燥機ですね。

　水洗いしていると、廊下の向こうの居間にあるテレビからは、役所の不祥事を厳しく追及する野党政治家の大きな声。大仕事の最中ですから、迫力満点。ことさら誇らしげにも聞こえます。

　その横で、父親の濡れたズボンやズボン下を洗っている僕。
「何やってるんだろうね、僕は」
　これも「介護ウツ」の原因になりそうですね☺☺。

　そういえば、僕が幼稚園に通って頃、大便を漏らしたことってあったなあ。
　その頃、トイレの個室って「女の子が使うもの」みたいな雰囲気がありましたよね。だから恥ずかしくて入れないのよ。
　それで家に帰るまでにガマンできなくなって、漏らしちゃったんでしょうね。
　あの頃、父親か母親は、「幼な子だから、しゃあんめえ」と思って我が子の尻を洗っていたか、「赤ん坊じゃあるまいし、我が子ながら情けない」と、せつない気分に押しつぶされていたか、今では聞きようもありませんが。
　まあ、幼い息子の粗相を見る親と、親の粗相を見る息子じゃあ、息子のほうがせつないかな。
「紙パンツのテレビＣＭが一日中流れる時代だからなあ。これが普通になってきたってことなのかな。25年後の僕の姿がこんなもんかあ。つれえよなあ」
　こういう晩は、自宅に戻ってからの晩酌の量が、知らぬ間に増えてしまうのです☺☺

あたしなんか、いねえほうがいいやいねえ　　　2018.3.17

　暖かくなってきましたし、背骨の圧迫骨折自体は治った母親を老健施設から退院させなきゃなりません。

医師からは「認知症同士の2人の暮らしは難しいでしょうね」とは言われていますが、まずは退院させなければ、父親も母親もおさまらんでしょう。
　母親については退院後、週に5日、送迎つきのデイサービス施設を利用すれば、なんとかなるかも。
　そんな淡い期待をいだいてのこと。

　まずは実家のトイレや廊下の手すりの修理かあ。
　そこできのう、老健の職員さんが実家を見にきてくれました。母親も同行したほうがいいとのことで、僕が連れてきました。
　僕が迎えに行った時は「家に帰る道順が分からなくなったんさ。頭がクルクルパーになったみたいだねえ」と泣き顔だったのですが、車に乗せて、家の近くの見慣れた光景に多少は安心したみたいです。
「ほれ、この先の信号曲がったら多野橋だい」
「そうかい、よく分かんないねえ」
「ちっと先にいつものスーパーがあるがな」
「これは覚えがあらいねえ。トーエイっつったかねえ」
「そうだい。まいんち買い物したんべな」
「平井小学校だい。俺が小学校ん時、よくきたんべえ」
「ちがうよお、平井小は木の建物だったがねえ」
「そらあ、俺が子どもん時だい。建てけえたんさね」

　でも会話がとぎれると、出てくる言葉は「こんなになっちまったら、生きてる価値がないねえ。あたしのせいでこんな大騒ぎになって、あたしなんかいねえほうがいいやいねえ」ですからね。
　さてこの言葉に息子としてどう返答したものか悩むわけですよ。シビアな状況にある親に、真っ向からコメントすべきか、なあなあに向き合うべきか、答えは分かっているのですが……。

　そんなことを考えながら実家に到着。実家には、父親と叔母さん、父親のケアマネさんで母親とも契約予定の女性、老健施設の女性スタッフ2人、

僕と母親。
　みんなで家の中を見て回って、お茶飲んで。父親は朝、お茶菓子にイチゴを買ってきていました。
　母親がみんなにすすめます。私が家の主婦よ、と言いたげに。
「おいしそうだよ。食べりいな」
　ケアマネさんたちと僕が実務的な話をしていると、母親が口を挟みます。
「何しゃべってんか、あたしにゃあちっとも分かんねえんさ」
　何事にもからまないと気が済まない性格の母親。
　家に帰ってきたら、どうなるのだろうかねえ……。
　久々に帰宅した母親。それを喜ぶ父親。
　２人そろった笑顔。それ自体は、ほほえましいことですが☺☺。

まいんち履く、あれがねえやい　　　　2018.3.23

　３月のある月曜日早朝に、父親から電話。
「今日はきらんねえっきゃあ」
「今日は教えてる大学の卒業式と、昼すぎが、そのお祝いの会だっつったじゃあねえかい。夕方行ぐんが精一杯だい」
「そうかあ。忙しんかあ。そんじゃあ、しゃあねえやなあ」
「何してえんだい？」
「庭の松の木い切るんに、ほれ、電気でいごくバリカンみとうなんがあるだんべ。それの刃が古くなって切れねえんさ。新しいんを買ってくるべえと思ってな」
「だったら、あしたの朝一番で買いに行ぐべえ」
　翌朝一番で行きましたよ、ホームセンターに。

　水曜の朝、また電話。
「あれがなくなったい」
「あれっつうのは、なんだい。分かんねえやい」
「ほれ、まいんち履くやつだい。朝晩とっけえる、ほれ、なんつったけなあ」

「紙のパンツと、そん中につけるパッドかあ?」
「それだい。それがねんだい」
「そんなこたあねえよ。おととい見たけど、どっちも新品がふたつ袋っつあるぜえ」
「そんなこと言ったって、ねんだよ」
　目の前の紙パンツの袋が見えない時もあるんでしょう。
「分かった、分かった。今から行があ。途中でいっぺえ買ってぐからよお」
　いくら買いだめしたって、無駄にゃあなりません。
「そおっきゃあ。買ってきてくれるんかあ。助からあ」
　24枚入りの袋をそれぞれふたつずつ。抱えて実家に行ってみれば、パッド16枚入りの袋がふたつ未開封。パンツも16枚入りがひとつ未開封。こんなこったろうと思っていましたがね。
　まあ、いいやいねえ。本人は涼しい顔をしています。
「あれえ、ほんとだ。まだいっぺえあらいなあ。きてもらって悪かったいなあ。まあ、お茶でも飲まねえっきゃあ」
「そうだいなあ、いれてもらうかなあ」
　トホホな1日の始まりですなあ。

　今日は今日で、夕方、まずは入浴。その間に夕食づくり😊😊
「おーい、出るぜえ」
　ちゃんと体を拭いて、紙パンツ履くかどうか、居間へ飛んでいって、ひと通り服を着せて、足の爪にいつもの薬を塗って。
　靴下を履かせていたらケータイに着信。
　無視して靴下履かせて、履歴を見たら仕事のお客様。
　慌てて返信して、15分ほど会話。
　話を終えて、「さあ、飯にしようや」と台所へ行くと、焦げ臭いじゃないですか。
「しまった。汁をつくるんで、小鍋に水とだしの素をいれて火にかけたままだったがね」
　時すでに遅し。鍋は真っ黒。

こんなことよねえ……。
　父親を寝かせて、施錠して。
　自宅に帰る途中でホームセンターに寄りましたよ。8時35分だったし。
　800円ほどの安い小鍋を買ったことは言うまでもなし。仕事は進まないわ、鍋は焦がすわ。
《クソッタレがあ……》
　いつもなら、この言葉は父親に向けるのですが、今日は自分にぶつけなきゃならんのですわい☺☺。

なっから調子よさげじゃねえっきゃあ　　　　　　　　　2018.3.26

　畑仕事をしている父親は、一応元気はつらつ。
　ところが、先週は、かき菜を木曜日に10袋直売所に出荷し、5袋残り。金曜は20袋出荷で15袋残りとやや不調。
「よそんちも、菜っ葉あいっぺえ出してるから、あんまり売れねえなあ。張り合いがねえやなあ」
「たけっしゃんよお、しゃあねえやなあ。どこの直売所もスーパーも、葉っぱもんでいっぺえだい。まあ、土日は客が多いから、いまちっと売れるんじゃあねえかい」
　やる気をそいじゃあいけません。なだめすかすのも、僕の役割かもね。
　それで土曜日には20袋で11袋売れました。日曜日は20袋で15袋販売。
　父親のやる気をしぼませない程度に売れています。ホッとひと息ってところでしょうか。
　こうなると、畑にいる父親の表情も、ごきげんそのもの。
　緑のかき菜畑の真ん中で、箱の上に座りこんで、かき菜を摘む老人。なかなか美しい光景です。
「たけっしゃんよお、なっから調子よさげじゃあねえっきゃあ」
「ああ、天気もいいからあったかくって、仕事がはかどらあ」
「ああ、ここんとこあったかくって助からいなあ。ほれ、コンビニで水買ってきたい。水飲みながらやんなよ」
「お、気がきいてるじゃあねえっきゃあ。遠慮なくもらうべえ。のどが渇

いてしゃあねえやい」

　今日の午前中は、叔母さんがきて障子張りをしてくれました。父親はそのお手伝い。
　だから、「畑に行ってないのでは。あしたの朝はこなくていいかな」ってな思いもありました。
　ところが「敵」もさるもの。
「**障子張りは昼めえで終わったい。そんだから、昼過ぎに畑行って、かき菜あとってきた。20袋になったい**」
　そう言うやいなや、寝床に入った本人は高いびき。
《チクショー。あしたも朝の8時めえに、ここにきなきゃあなんねえ。このクソッタレオヤジがあ、でけえいびきかいてんじゃあねえよ》

早朝に目覚めた父親は　　　　　　　　　　　　　　2018.4.2

　父親がいない。
　朝の8時過ぎ、実家に着くと、いないのです。
「トイレで倒れている？」
「朝風呂に入っている？」
　トイレにも風呂にもいません。
「電動アシスト自転車でどこかに行っている？」
　自転車はあります。
　はっと思いつきました。
「ゆうべは、翌朝出荷用のかき菜がバラックにあった。もしかしたら」
　思った通り、かき菜がないのです。
「誰かに乗っけてもらって、直売所へ行ったのか」
　直売所へ行ってみると、いたいた。叔母さんに乗せてきてもらったらしいのです。彼女もいましたから。
「たけっしゃんよお。けさも8時過ぎにくるっつたんべえ」
「あれえ、そうだったかなあ。朝おめえに電話かけたら出ねえから、白石（父親の妹夫婦が暮らす地域名）に電話して、朝の6時半に乗っけてきて

もらったんさ」
「なんだあ？　6時半だとお？」
「ほれ、直売所は6時半までに持ってきねえと、場所取りがおおごとになるじゃねえっきゃあ」
「6時半だあ？　ここは8時になんねえと、職員さんがきやしねえやい。寝ぼけちゃあいけねえやい」

　話をよーく聞いて分かりました。父親は午前5時に目が覚めて、「6時半までに直売所へかき菜を持ってがねえといげねえ」と思いこんで、まず僕のケータイに電話したのでした。
　僕にとってラッキーなことに？、前夜からケータイを事務所に置き忘れていました（後で着信履歴を見たら、たしかに午前5時半すぎに父親から電話が3本入ってました。冗談じゃないですぜ）。
　僕と連絡がとれないので、実妹の家に電話して、直売所に連れて行ってもらったのです。でも7時ごろ行ったって、シャッターが開いているはずもなし。
　自宅に戻っても釈然としない。そこで8時前に叔母さんに電話して直売所に連れて行ってもらったのでした。
　父親は、かき菜を並べ終えてごきげんです。怒る気にもなりませんや。
　店内には、いちご農家の「大粒やよいひめ」がズラリと並んでいます。僕は仕事の打ち合わせがある時など、よくお土産に買っていきます。
　この朝は、迷惑をかけた叔父さん叔母さんち2軒にいちごの箱をかかえてお詫びに行ったことは言うまでもないことです。
　みんなの笑顔が救いですよ。
「たけっしゃん、なっから調子よさげだいねえ ☺☺」
　帰ってくると、本人は隣組の書類を一生懸命に読んでいます。
　彼なりに「必死」なのです。怒れんわいなあ。

母の帰宅を前にリフォーム　　　　　　　　　　　2018.4.12

　月曜日から、実家のトイレ改修などちょっとしたリフォーム工事がス

タート。

　月末の母親の退院を控え、よい機会なので、友人の中島桂一さんにお願いして、作業が始まりました。

　農村で下水道もないため、「古典的な」トイレを、簡易水洗式にしようということ。中島林産の高野さん、大工さん、水道屋さんの片山さん、よろしくね。

　父親は、みんなにお茶をいれたりして楽しそう。

　前日と前々日、僕が広島に行っていたため、食卓に並べた6回分の薬。日曜午前10時に広島の江田島から電話した際には「**朝の薬？　ああ、ここにあらあ**」「じゃあ、すぐ飲みない。それっから、**昼飯の後と、晩飯の後の薬**も、まあなんとか飲んでくんない！」「**ああ、分かったい**」のやりとり。

　午後は僕がドタバタしていて、電話を忘れ、午後4時過ぎに電話しても応答なし。畑へでも行っているのでしょう。ケータイは面倒くさがって持ちませんから、電話連絡はひと苦労なのです。

　月曜の朝、実家に行ってみると。前日の昼と夜の薬は、食卓に置かれたまま。昼の薬が一番大切。飲んで欲しかったなあ。ぼやいても、しゃああんめえ。

　この日の晩は、直売所で買ったタラの芽の天ぷらにすっかねえ。

「でっけえタラッペだいなあ。こらあすげえや」

「そうだんべえ。これっくれえでっけえと楽しいやなあ」

「サクサクしてうんめえやいなあ」

「そうかい、そらあよかったい。群馬みとうに、あっちこっちに直売所でもできねえと、こんな立派なタラッペにゃあ、お目にかかれねえやなあ」

人間、丸くなったもんさ　　　　　　　　　　　　2018.4.12

　高齢者の肺炎球菌ワクチンの接種ってあるじゃないですか。5年に1度ってやつ。

　役所からの通知を見たので、あるクリニックで聞いたら、「今日受け付

けます。来週にワクチンが届くから来院して」と。7200円のうち5200円は公費負担だそうで、その場で2000円支払い。
　今日、父親を連れて行ったら、「役所から送られているはずの問診票がないと接種できません」と。
《なんだとおお、このガキャ……》
　あわてて、この言葉を飲み込む自分がいます。ダメですねえ。そうでなくても実家通いに時間をとられて仕事が遅れているのに、「今日の午前も無駄足を踏むことになるのか」と、カリカリくる自分を抑えきれません。
「ご自宅に帰って、問診票を探してみたらいかがでしょう」
　この問診票がないと公費補助が受けられないらしく、職員さんは好意でアドバイスしてくれてるわけです。
　これが素直に受け取れないんですよ、今の僕には。
　だから職員さんに悪たれ？ついてしまいます。もちろん、笑顔で、ですよ。
「先週の申し込みの際には、問診票を持参せよとのお話はありませんでした。あなた方は医療のご専門家ですから、当たり前の話でしょうが、私ども素人には気づかないことばかりです。問診票を持参すべきのお言葉があってしかるべきではなかったですかな」
「そうですよねえ……」
「父親の家に届く郵便物は、可能な限り私が処理していますが、100パーセントとはまいりません。かなりの郵便物がゴミ箱行きになっているのが実状で、家に帰って探してもあるかどうか」
　とはいえ、ここで真面目そうな職員さんにケンカ売ったって意味なし。
「問診票がないと接種を受けられないのですか？　それとも公費負担が受けられないという話ですか？」
「公費負担分の5200円をお支払いいただければ、今日接種を受けられます」
「だったら払いますから、今日接種してください」

　人間、丸くなったもんですわい☺☺。
　以前の僕なら、大立ち回り？してたよね。

《何ぬかしとんじゃあ、あほたれがあ。必要書類があるんやったら、先週の受付ん時にハッキリ言わんかい。おのれらの常識で、物事はかったらあかんぞ。こっちはなんも分からんド素人なんやでえ。四の五の言わんと、はよう接種したれや。必要な金は払うたるから》(若い頃の大阪暮らし10年は、だてやないでえ☺☺)

　こんな意味のことを終始笑顔で、ばかっ丁寧な、慇懃無礼な標準語でやりとり。結局、接種することに。
　きげんが悪くなるほど、笑顔と丁寧語・敬語が出るのが、僕の近年の特徴です。
　ここでお金を払おうとして、財布に5200円入ってなかったら、大笑いだよね。財布見たら、ありました。「今年最後の(これ、一応ジョークね)10000円札」が。よかったなあ☺☺。
　職員さんからは、「今回実費で接種すると、5年後も実費負担になりますが……」のご心配も。
　いいですって。5年後に接種となるようなら、長寿のお祝いに、よろこんで5200円出しますって☺☺。

　ここまで約7、8分ほどのやり取り。終始笑顔を絶やさずに。
　座っていた父親がひと言。
「おめえ、なっからもめてたいなあ。なんかあったんきゃあ」
　説明したって、しゃあないわなあ。

傷つくなあ、「暇じゃあねんきゃあ？」　　2018.4.19

　朝の7時半。身支度をしているとケータイが鳴ります。
　この時間帯の電話は「いい話」であるはずがなし。着信表示を見ると、案の定実家です。
「どうしたい？　朝っぱらからよお」
「いやなに、ほれ、こないだ入れたベッドの金払わなくちゃあなんねえだんべ？　農協行って金おろしてきなきゃあなんねえと思ってよお。それにきゅうりの苗も買いてえんだい。畑に植えべえと思ってな」

「ベッドの金は来週払うんだい。今週は金いらねえよ。きゅうりの苗？俺が今日でもあしたでも昼過ぎか夕方に行ぐから、そん時買いに行ぎゃあよかんべえ」
「それでもいいけどよお。今日はおめえ、暇じゃあねえんきゃあ？」

　父親相手に文句を言うつもりもありませんが、分かっていても傷つくんですわい。「暇じゃあねんきゃあ？」「忙しんきゃあ？」の言い方にね。
　あんたの息子さんは、この１年、「暇があるから」あんたの面倒見に通っているんじゃないのよ。仕事にべらぼうな支障をきたしながら、通っているのよ。
　もちろん、こんなこと父親に言ってみたって通じません。もちろん恩に着せるつもりもありません。
　でもねえ。傷つくのよ、胸にグサッとくるのよ。「今日は暇じゃあねんきゃあ」には。
《うっせえ、クソッタレオヤジがあ。暇がなけりゃあ、おめえんとこにきなくってもいいんかあ？　おめえが飯もつくれねえし、湯にもへえれねえし、郵便物の処置もできねえし、掃除もできねえから、俺がまいんち通ってるんじゃあねえかよ》
　むろん、現実に口に出すつもりはありませんがね ☺☺。
　今年米寿を迎える桐生の「ガールフレンド」から言われたように「あなたは理路整然の中で生きてきたでしょう？　親の介護は理路不整然の世界なんだからね」であることは承知しているんですが、器用に聞き流せないのよ。

「昼めえには行げねえよ」と言いましたが、「ええい面倒くせえ。今から行っちまえ」と、午前の予定を変更して実家へ行き、父親を連れてきゅうりの苗を買いに。
　午後渋川での打ち合わせを済ませて実家に行くと「昼すぎにきゅうりの苗を植えたい！　食えるようになるんが楽しみだいなあ。おめえのお陰で助かったい」と父親。
　まあ、いいさ。あんたがごきげんならばね。

そんなこと言ってるうちに、実家の親の寝室には介護ベッドがふたつ並びました。ひとつは知人からもらったもの。もうひとつは介護業者からのレンタル。これを両親が使うわけです。

　昨年6月の背骨圧迫骨折による入院から引き続き老健施設暮らしだった母親が来週4月24日に帰ってきます。

　医師は「認知症の老夫婦ふたり暮らしは無理でしょう」と言いますが、父親も母親も、家に帰らないことにはおさまらないので、「ともかく家に帰ってみよう」ということになりました。

　さてさて、どうなりますことやら☺☺。

⑥ 母帰宅、新たな闘いの日々

医師は「無理でしょうね」と言うが
2018.4.21

　背骨の圧迫骨折で病院から老健施設と、9カ月にわたる入院生活を送っていた母親。退院帰宅を数日後に控えた日の午前9時に彼女のもとに行き、外出届を出して市役所へ。藤岡市長選の期日前投票です。
　車でわずか数分の市役所。投票場はガラガラですぐに終了。
　また数分で入院先に戻ったのですが、その建物を見るなり「市役所はでっかいやねえ。どこで投票するん？」。
「今、投票してきたばっかじゃねえかい」
「あれえ、そうかい」
「自分で候補者の名前を書いて、投票箱に入れたがな。覚えてねんきゃあ？」
「そうだったんかいねえ。覚えてねえよ」
　短期記憶の欠如は、ますます進行していますねえ。
「まあ、いいがな。投票できたんだから。歩いて疲れたんべ。ちっと横んなったらどうだい」
「ああ、そうしようかねえ」
「窓の外のツツジが咲いてらあ。ベッドからでも見えるんべえ？」
　起き上がってベッドに腰掛けた母親、何を言うかと思いきや……。
「それじゃあ、今から車に乗って家に帰るんかい？」
　また始まったか。
「そうじゃあねえさ。あと3晩ここに泊まって、家にけえるんは火曜日だい」
「ええ？　そうなんかい。まだここに泊まるんかい」
「こないだから言ってるだんべ。退院は24日だってよお」
「じゃあ、そん時は、たけっしゃんも一緒に退院かい？　あたしひとり

じゃあ申し訳ないねえ。一緒にけえったほうがいいんじゃないんかいね?」
「……」
　彼女は自分の夫も同じように入院していると思い込む時がしばしばあります。

「まあ、火曜日っからは、夫婦ふたりの暮らしに戻るんだから、よかったいなあ」
　詳しい説明も必要ないでしょう。
「あんまり口喧嘩しねえようにしてくんない。年なんだからよお」
　昨年来、彼女の夫への「口撃」は過激化の一途。病がそうさせているのでしょうが、「病気のせい」と割り切る息子の僕にしてもムカッとくるレベルに達しています。
　病が言わせているなどと理解できない父親がその「口撃」に耐えられるか、それが不安なのです。

　夕方、父親の食事の支度。角切りベーコンと野菜のサラダ、チキンソテーのほうれん草とラディッシュ添えを中心に。父親は食卓に着くなりこんなことを。
「俺んちは、俺と年子とよお、あとひとりばあさんがいらいなあ」
「何言ってんだい。たけっしゃんのおっかさんは、20年もめえに死んじゃねえっきゃあ。この家はたけっしゃんたちふたりだけだい」
「そうっきゃあ、ふたりだけっきゃあ……」
　たしかに、母親の入院先のお医者さんが言うわけです。
「息子さんが朝晩通ったとしても、ご両親だけの暮らしは無理じゃないですかねえ」
　どうなることやら……。

お笑い「怒濤の１日」　　　　　　　　　　　　　　　　　　2018.4.25

　まあ、お笑い「怒濤の１日」でした。

母親がきのう、自宅に戻りました。

朝一番で、取引先に立ち寄り書類をゲットし5分の打ち合わせ。

午前9時前に実家へ行き、父親、叔母さんとともに藤岡市内の老健施設に。退所手続きは簡単な書類に書き込む程度。これまで連日、「家に帰りたい」と泣いていた本人は「あれえ、今日帰るんかい。初めて聞いたよ」と……。そんなもんですなあ。

「こないだから何回も言ってるがな」

「そうかい。で、帰るんは神川の姉さんとこかい？」

「埼玉の神川は年子さんの実家じゃねえっきゃあ。西平井の自分ちにけえるんさ」

「あれ、そうなんかい」

「第一、ねえさんって人はとっくに亡くなったんじゃなかったっけか」

何年か前に僕も葬式に出ましたよ。

とにかく、ケアマネさんやヘルパーさんたちに見送られながらの退所で、本人は満面の笑み。

「お世話になりました」

ここでも究極の「外面(そとづら)の良さ」を十二分に発揮しています。

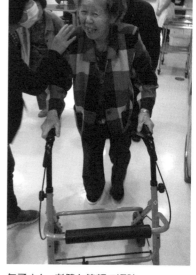

年子さん、老健を笑顔で退院

家に帰って、ちょっと肌寒いので、

「昼飯はあったけえおっきりこみでもつくって4人で食うべえ」

僕は台所に。シャケ、きのこ、さといも、ねぎ、薄揚げ、これでしょうゆ味の、比較的ベーシックなおっきりこみに。

久々のわが家での食事で、年子さんも健さんも、叔母さんも僕も大盛りを完食。

この日の朝、老健に迎えに行く直前にエアコン1台増設の打ち合わせにきてくれた近所に住む電気技師さんが、昼食直後に姿を見せて「希望のエアコンの在庫があったから、今から取り付けてやるよお」と。

うれしい悲鳴ですが、僕にはお茶を出す余裕もナシ。
　近くのセーブオンで缶ビール何本か買ってきました。
「お茶も出せなくて申し訳ありませんね。これ、持って帰って」

　昼食に続いて、両親の夕食とあしたの朝食をつくらないと、2時半からのケアマネさん、年子さんが利用するデイサービス施設のスタッフさんとの打ち合わせに間に合いません。
　打ち合わせと利用契約署名などで1時間半。もう4時。
　5時に2人に夕食を食べさせて、5時45分に実家を出れば、6時半から前橋ロイヤルホテルでの大学の新年度歓送迎会に間に合うはずだ。
　ここでありがたいお言葉が叔母さんから。
「晩ご飯はあたしが見てるから、前橋に行ったほうがいいよ」
　助かりました。安売りブリの煮物と和え物2種で夕食。翌朝用に焼き魚と目玉焼きとおひたし。
　これだけ支度して、5時30分に実家をスタート。上信越道藤岡インターから藤岡ジャンクション経由で関越道前橋インターへ。高速なら夕方の一般道の渋滞を避けられるから便利ですね。余裕を持って歓送迎会に。
　走行中にケータイ通話OKモードにして、あした打ち合わせするお客様への資料について、作成者のデザイナー戸塚佳江さんと10分間のやり取りもできたし。

　お笑い「怒濤の1日」もなんとか終了。

（ホッとした僕が甘かった。翌朝、「バッキャロー」と怒鳴りたくなる展開が待っていようなどとは……。うん、まあ、半分予想はしてたんだけどね😊😊）

朝っぱらから夫婦げんか　　　　　　　　　　　　　2018.4.26

　母親が帰宅して2日目の朝、午前中に病院に連れて行くことになっていたため、8時に実家へ。さて、平穏に朝を迎えたかどうか😊。

居間に入ると、父親が薄手のセーターを着かけていました。
「どうしたい。寒気でもするんかあ?」
　そしたら、母親がひと言。
「違わいねえ。たけっしゃんはまいんち送りむけえのバスでお風呂に入ってご飯出してもらえるとこへ行ってるっつうのに、けさはなかなか行がねえから、早くセーター着て行ってくるように怒ったんさあ」
「だからよお、おらあそんなとこなんざあ、行ったこたあねえやい。そんなことばい言うんだ」
　かなり険悪な雰囲気。
　最初の朝からこれかよ。かなわんなあ☺。
　デイサービスに行くのはたけっしゃんじゃなくて、あなたでしょうが。
「たけっしゃんは畑へ行ぐんだい。送りむけえで出てぐんは、あしたっから年子さんだがね」
「あれえ、そんなこと、初めて聞いたよ」
「今日は俺の車に乗って、年子さんが病院だい。9時半の予約だから、そろそろ行ぐべえ」
「あたしは家にいるんさ。どこへも行がねえよ」

　分かった、分かった。とにかく、息子の車に乗りない！　病院に行ぐからよお。
「さっき、たけっしゃんが『共同飼育場の掃除当番だけど、おめえ行げねえっきゃあ』って言うから、あたしは病院に行ぐからだめだって言ったんだよ。まったく、なんでもあたしに押しつけるんだから」
　まあ、そんなやりとりする訳がないよな。共同飼育場ってのは40年も前に養蚕やってた時代の話だよな。でも、そう言っちゃあ身も蓋もなし。
「なんだい、まだお蚕さま飼ってるんかあ」
「ああ、だから忙しいんだよ。お隣の人も、農家じゃあないんに、掃除に行ってくれてるんだよ」
「そりゃあ、頭が下がらいなあ」
「ほんとに、偉いんさあ。お蚕さまをみんなで大切にしてるんさ」
「だけどもよお、たけっしゃんも年子さんも年なんだから、そろそろ蚕(かいこ)

はやめたほうがいいんじゃねえっきゃあ」
　遠い記憶と現実の境界線がない。これも認知症の特徴ですから、「40年もめえのことを言ってるんじゃあねえよ」と怒ったって仕方なし。しばらく話につき合っていれば、そのうちに正気に返るでしょう。
　理路不整然の世界にひたる必要性の話はこれまでもしました、別の人からは、こんなふうにも。
「親がトンチンカンなことを言ったり行動したり。そのトンチンカンさを『当たり前のこと』と受け止めて、さらに、それを楽しむ境地にまでならなければ、親の介護なんてできませんよ」
　趣深い言葉だなあ。

　病院から連れて帰って、僕は仕事に戻りました。できあがったエッセイ集の納品。そして渋川市内で打ち合わせ１件。
　午後５時前に実家へ行くと、母親は叔母さんに美容院に連れて行ってもらったらしく、白髪頭が黒髪に変身して、ちょっとごきげん。
　父親が電動自転車に往復40分乗って農産物直売所から買ってきた花も飾られています。
「年子さん、見違えるようじゃねえっきゃあ。たけっしゃんも、いいとこあらいなあ。自転車こいでくたびれたんべえ」
　夕方はホノボノの世界。しかし、こんな平和が続くはずがないことは、言われなくたって分かっていました。

久々の同居の幸せは「不幸の始まり」？　　　　2018.5.5

　母親が帰宅して３日目の晩でした。夕食は割と平和に食べていました。
　仕事で夕方ギリギリの実家行きとなったため高崎市内で買った「群馬名物　峠の釜めし」に、野菜の和え物２品。２人ともチョッピリ冷酒。これまでの暮らしでも、毎晩軽く一杯やっていたし、内臓が悪い訳じゃないから、晩酌はそれなりにいいのでは。
「ああ、うんまい。釜めしなんて久しぶりだいねえ」
「昔は、たけっしゃんが農協の用事で横川行ぐと、よく買ってきたいなあ。

子どもの頃のおらあ、一番の楽しみだったい。こんなうんめえ飯はねえってよお」
「そうっきゃあ」
「この釜で、お粥も炊いたいなあ、年子さんよお」
「そうだいねえ。おまえが風邪引いた時なんかにねえ」
　3人で半世紀も前の思い出話。
　でも、僕は思っていました。
「こんな平和が続くはずがねえよなあ」

　夕食後、2人は和室の居間へ。僕は隣室で、親の薬箱に薬を詰める作業をしていました。隣室ですから声は丸聞こえ。
「だから、たけっしゃんは息子が台所仕事してるんに、自分はなんにもしねんだから、いやにならあねえ」
「あんたは小さい頃に父親を亡くして、わがんま一杯に育てられたから、いつだって自分が一番えれえと思ってらいねえ」
「息子にすまねえのひと言でも言やあいいじゃねえかい」
「そういうわがんまなとこが、一番きれえなんだい」
　こういうセリフってたまに言われる分にはなんでもないのですが、短期記憶のない母親は、3分ごとに「初めて言うセリフ」みたいに延々とぶつけるのです。
　僕だってかみさんからそう言われ続ければ、たまりません。
「おめえは、おんなじことをいつまで言うんだやあ！」
　父親がイスを蹴って立ち上がる音が聞こえました。
「まずい」
　居間に飛んでいくと、父親が母親の前で仁王立ちしています。
「たけっしゃん、何してんだい？」
「しゃじけたことばっかり言いやがって……」
　興奮しているからよく聞き取れないのですが、そんなふうに聞こえます。
　遠くのほうにテレビのリモコンが落ちていて、中の乾電池が飛び出しています。おそらくどちらかが相手に投げつけたのでしょう。
「たけっしゃんが、あたしにリモコンをぶっつけて、足で蹴っ飛ばしてき

た」
　畳に座っている母親が大きな声で言います。
　まあ、嘘だろうなあ。本当に蹴られたら、どこかにけがしてるだろうし。
　形相を変えて立ち上がった父親に、怖くなった母親が手元にあったリモコンを投げつけたのでしょう。もちろん、その瞬間を見ていないので、本当のところは藪の中ですが。
「**たけっしゃんよお、飯も食ったしいっぺえやったんだから、寝床にへえって寝るべえ。もう８時だがね**」
　強引に寝室に引っ張って行って、母親と引き離しました。
　その後、２時間近く、母親による父親の悪口は止まりませんでした。
　昔から気の強い女性でした。もちろん、嫁として「耐えがたきを耐え、忍びがたきを忍ぶ」人生でもあったことでしょう。
　以前は「思いついた時に１度口にする」程度の夫への悪口。それが認知症によって短期記憶がなくなったため、「１回きりの辛口の言葉」が、延々と繰り返される展開に。
　しかも理屈としては整っているだけに余計に始末が悪い。
「その通り　だから余計に　腹が立ち」とはよく言ったもんですぜ。

「認知症の夫が妻を撲◆（この１文字はやめときましょう）……」
　不謹慎と言われようが、冗談抜きにこのところ僕の頭には、いつもこんな新聞見出しがグルグル回っているのです。
　久々の同居の幸せを「不幸の始まり」にはしたくない。
　夕食は平和だったのになあ……。

たけっしゃん、芝居ぶてるっきゃあ？　　　　　2018.5.9

　母親が退院してからというもの、父親への「暴言」がやみません。元々弁の立つ女性ですから、余計に始末に負えません。
　しかも短期記憶がないので、その辛辣な言葉を「３分ごとに繰り返す」のですから、言われるほうはたまりません。
　若い頃から「お父さん、こうしてくださいね」という意味で「あんたは

あたしの言う通りにすれば、間違いないんだよ」と言ってた人です☺。

それが今や「60年間、嫁として虐げられてきたのに、夫はひと言も謝らない」という意味の言葉を繰り返すのです。

なんとかしなけりゃあなあ。

父親は朝から畑でトウモロコシの種まき。

「せっこうがいいねえ（よく働くね）。もう半分ぐれえまいたじゃねえかい」

「なんだい、おめえか。なんか用かや？」

畑の脇の土手にふたりで腰を下ろしてから、僕が言いました。

「なあ、たけっしゃんよお。この1年、たけっしゃんはなっからよくなったいなあ。だから、俺の言うことをゆっくり聞いてくれや」

父親はいつになく真面目な顔つきに。

「あんたが特別わがんまじゃあねえこたあ、俺が分かってらい。近所のみんなもよく知ってるがね」

おお、父親の目に力が入っています。いい傾向です。

「年子さんがあんなひでえことばい言うんはなあ、ありゃあ病が言わせてんだい。分かるっきゃあ？　だからよお、芝居ぶてるっきゃあ」

「芝居？　なんだやあ、そらあ」

「だからな、たけっしゃんは悪くねえんだけど、1回年子さんに謝ってみるべえ。『今まで長えこと俺がわがんまで苦労かけたいなあ』っつう具合にな。あんたが悪かあねえけど、そう言って年子さんがおさまりゃあ、もうけもんじゃあねえかい」

「そうだいなあ」

畑にトウモロコシをまく

「どうだい、かみさんに頭下げられるっきゃあ？　芝居でいいんだぜ」
「分かったい。やってみらあ」
　どこまで分かっているかは僕にも判断できませんが、目の力は認知症老人のそれではないような気もします。
　ここは彼の芝居心に期待してみましょう。

　それから数日、彼はまだ自分の妻に謝罪するという芝居にはいたっていないようです。
　ただ、僕には「別の芝居をしている」ように思えるのです。

役者やのう、たけっしゃん　　　　　　　　　　2018.5.10

　父親について「このおっさん、ちゃんと芝居をぶってるなあ」と僕が思うことがあります。
　相変わらず母親の暴言が続きます。
「息子がご飯の支度してんのに、たけっしゃんは座って食べてるだけかい。お茶でもいれたらどうだい」
　これに対して、今までなら「我関せず」だった父親が、先日の僕との「芝居ぶつべえ」のやりとりからというもの、「ほいきた」ってな具合に席を立って、お盆に急須と茶碗を乗せて運んだりします。

「忙しいのにきてくれてる息子に、なんにもお土産がないやねえ。たけっしゃん、なんか買っときゃあいいんに、気がきかねんだから」
　この「母親語」の真意を標準語っぽく直すと「息子になんか持たせたいから、買っといてよ。お父さん」ということなのです。
　こう言われた父親が食事の途中に食卓を離れて、奥のほうに。
「まずい。ほんとに怒っちまったか。それとも徘徊の前兆か？」
　慌てて追いかけた僕は、奥の部屋での彼の行動を見て笑いがこみ上げてきました。
　そこは寝室の隣で、古い冷蔵庫が置いてあります。飲み物や菓子などが入っていることがあります。そこから取り出したのは、以前に買ったか、

誰かにもらったかしたフルーツゼリーふたつ。
「これ持ってけえれや。うちにけえって、かあちゃんと食やあいいがな」
　おお、たけっしゃん、芝居心が出てきたなあ。僕はそのゼリーをかかえて、台所に戻りました。
「年子さんよお、たけっしゃんがお土産くれたい。気がきいてらいなあ」
　父親もニコニコしながらイスに座り直します。
　この展開で、母親の口撃が一時おさまります。

　こんなこともありました。
「息子に持たせるものがないんなら、小遣いでも渡しないね。世話になってんだから」
　これにも、今まで無視だった父親が、ポケットから財布を取り出して5000円札を1枚抜き出して母親に差し出しました。
「ほれ、おめえから渡してやりゃあいいがな」
　これで母親の気分は直ります。
「なんだやあ、今日の日当かあ。ありがてえなあ。遠慮なくもらわあ。けえりに一升瓶でも買ってぐべえ」
　僕も芝居につき合わなきゃなりません。
　お札をポケットにしまいます。
　翌日、父親の財布に戻しておくにしても、ここは役者にならなきゃね☺。

　それにしても、父親の「役者やのう」が上達してきたように感じてならないのです。
　そうそう、父親が差し出したフルーツゼリー、予想通り賞味期限が切れてました。半年前に☺☺。芝居の小道具だから、いいやいねえ☺。

宝探しは果てしなく続く　　　　　　　　　　2018.5.11

　毎日毎日、実家で「宝探し」を繰り返す。これも味わい深いことですなあ☺。

野菜のかき揚げをつくろうとタネも衣も用意。天ぷら鍋の油もあったまったし、これで揚げたてを食べさせることができるでしょう。かき揚げリングを使えば円筒系のプロっぽいひと品になるし。
「さあ、揚げよう」としたら、コンロ脇に置いてあるはずのかき揚げリングが見当たらないじゃないですか。
《クソッタレがあ。リングをどこへ持って行ぎやがった》
　母親の仕業に間違いないでしょう。あっちこっちの戸棚や引き出しを探しましたが行方不明。
　まあ、リングがなくたって揚げればいいだけのことですが、きのうまであった道具がないのはイライラしますよね。かといって母親に「どこ置いたんだやあ」と聞いてみたって、まともな答えは期待できません。
「そのうち、どっかから出てくるだんべえ」

　レタスの残りをラップで包んで冷蔵庫に入れよう。すると、いつもある場所にラップフィルムがない。
　使用中のものと未使用のものが、きのうまでは１本ずつあったのに。
《バカタレがあ。こんだあ、どこへしまいやがった》
「まあいいやい、そのうちどっかから出てくるだんべえ」
　去年買った小鍋も消えている。
　これもイライラしたってしゃああんめえ。
「そのうちどっかから出てくるだんべえ」

　もちろん出てくるのよ。かき揚げリングは不燃ゴミ袋の陰に。見慣れない道具なので不燃ゴミと思ったのかな☺。
　ラップは、いつもは開けない引き出しに。小鍋は、これも長いこと使っていない食洗機の中にありました。宝探しは果てしなく続きます。
　別の引き出しからは、数日前の夜に翌日の朝食用に置いていった煮魚入り小鉢が。食器棚の奥には、野菜の煮物入りの鉢が。
　まあ、いろいろ出てきます。
　おとといの晩は、やることがすべて終わって帰る間際。虫の知らせとしか思えないのですが、洗濯乾燥機のドアを何気なく開けたら、中に小さな

物が。

「白い靴下かあ？」

いえいえ、よく見たら、寝るために着替えていた父親がさっき脱いだ紙パンツと尿取りパッド。これは初めての事態。

察するに、父親が脱いで畳の上に置いた紙パンツと尿取りパッドを、母親がつかんでゴミ袋に捨てようとしたのでしょう。

でも数歩歩いた後には、何をしようとしていたのか覚えていない。でも手に何か持っている。持っているのはよく見れば「夫のパンツだ」と気がつき、「洗濯しなけりゃあ」という思いに駆られて洗濯機に放り込んだのでしょう。

《気がつかねえで、ほかの洗濯物を入れてスイッチオンしてたら大変なことになってたなあ》

宝探しは果てしなく……、トホホな展開ですな☺☺。

この日、市役所から新たな介護判定が届きました。

「要介護２」から「要介護３」に。母親の迷走も「なるほど」です。

結果は「神のみぞ知る」　　　　　　　　　　　　　2018.5.12

今日は、午後５時半からの会議に遅れるわけにはいかない。そんな日の午後は弁当ふたつ買って４時前に実家へ。

和え物２品をつけて、「これで晩飯にしてくんない」。

４時45分には高崎へ向けてスタートしなければなりません。

この日は金曜。あしたの土曜のふたりの朝食用に２品、母親の昼食用に２品をつくって（父親の昼食はヘルパーさんがきてくれていますが、土曜日は母親がデイサービスを休むため、母親の昼食は家族が用意すべし、なのです）、ラップして、「朝のおかず」「昼のおかず」のメモをつけて冷蔵庫へ。

彼らの夕食前に僕は高崎に帰るため、いつものように食卓に並べられず、冷蔵庫に並べたのですが、「ちゃんと冷蔵庫から出して、食べられるかどうか」、まあ無理かもね☺☺。

翌日朝。実家へ行き、真っ先に冷蔵庫のドアを開けました。

やっぱりありました。用意した朝食用のおかずは手つかず。
「なんだやあ、たけっしゃん、朝飯食わなかったんきゃあ」
「ちゃんと食ったさ」
「うそべえ言うない。冷蔵庫に入れといたおかずが全部残ってらあ。ほれ、見てみろや」
「なんだ、おかずがあったんか。飯とみそ汁っきゃあねえから、卵かけて食った」
　ってねえ、卵を取り出すんには、冷蔵庫を開けたでしょうが。気づかなかったのかねえ。

　翌日は母の日。午前11時から高崎市内で開かれる母の日イベントに参加するため、今日のうちに朝食と昼食をつくっておきましょう。
　サバの干物、ゆで野菜のサラダでいいでしょう。昼は久々にチキンカレー。

いろいろ説明を書いたが

　朝食のサバの「レンジで1分」とみそ汁の温めは大丈夫ですが、皿にご飯を盛って、鍋のカレーを温めて、ご飯にかけることが、果たして無事にできるか。これは大いに不安。
「やっぱり朝きて、近くのコンビニで弁当買うことにすればよかったかなあ。弁当なら冷えたままだって食べられるし」
　カレーが冷えたら鍋の中で固くなるから、これじゃ食べられませんよね。
　カレーの鍋には「昼のカレー。コンロで温めて食べる」の張り紙を、皿には「これにご飯を盛って、カレーを温めてかけて食べる」の張り紙をしてきましたが、果たしてうまくいくか。結果は神のみぞ知る……☺☺。
　まあ、再び卵かけご飯にしてもらって

もいいか。

　カレーの味見をしたら「ソコソコいいじゃん」。
　炊飯器に残ったご飯があったから茶碗に盛って、カレーかけて、台所の流しの前で立ったまま食べてみました。
《カレーって、まずくつくれないよね ☺☺》
　さあ、仕事しに事務所へ戻ろうぜ。

母の日イベントで「年子さんへの手紙」　　　2018.5.14

　母の日の5月13日、ユネスコ「世界の記憶」に登録された上野三碑（こうずけさんぴ）のひとつ「山上碑（やまのうえひ）」を会場にして、母の日に山上碑の前で母親への思いを語る「ははおもひ」というイベントが開かれました。母を思う僧侶が1300年前に建てた石碑の前で、母親への思いを語ろうというもの。
　主催者のひとりから「参加者は子どもが多いので、毛色の変わった人がいたほうがいい。お母さんの介護をしている木部さん、出てよ」のご依頼で会場へ。
「1歳から、最年長60歳男性まで」
　そんなふうに取材陣に広報されていたらしく、会場にいた新聞記者の知人から「最年長って木部さんのことだったの！」と笑われました。
　最年長かあ、傷つくなあ ☺☺。

　母への手紙を読むというのが基本のコンセプトらしいので、僕も一応文章にしてプリントしていきました。
　僕の出番は6人目。それまでは幼児から小学生。
　最年長かあ、傷つくなあ ☺☺。
　名前を呼ばれたので、まず司会の若くてきれいな女性と握手。僕の悪い癖です ☺☺。
　それを見て、同じく司会の男性芸人さんが手を差し出してきたので「おっさんはいらん」とお決まりのギャグ。もちろん、握手させていただきましたよ ☺☺。

僕が読んだ手紙は以下の通りです。

「年子さん」
　あなたのことを最近はこう呼んでいます。
　いい年をして「お母さん」などと呼ぶのに気恥ずかしさを覚えるからです。同じように父親の健のことも、近所の人が呼ぶように「たけっしゃん」と呼んでいます。
　もうすぐ84歳になる年子さんは、認知症と向き合っています。直前の記憶がないため、同じことを何度も何度も繰り返します。料理や掃除など家事も難しくなりました。同じく認知症の夫への「ワガママぶり」が目立ちます。
　でも、僕は思います。あなたは農家の嫁として60年余り。大変な苦労をしてきましたね。もしかしたら、この病気は、今までの苦労の日々から解放されるようにという神様からの「プレゼント」ではないでしょうか。
　あなたは、近所の人や友人、デイサービスの方々には、満面の笑みを浮かべて語り掛けます。まだまだ、周囲には気をつかっているんですよね。でも、今は夫に「わがまま放題」。たぶん、あなたにとってはようやく訪れた安息の日々なのかもしれません。自分の思いを夫に遠慮なくぶつけられる、いえいえ、甘えられるようになったのですから。

　あなたと毎日顔を合わせる暮らしは、高校時代以来です。ただ、あの頃は、あなたが親で、僕が息子でした。でも、今の僕はあなたに対して「幼な子」を見るような気分で接しています。いつの間にか親子が逆転してしまいましたね。
　今日のお昼ご飯用に、ゆうべ、チキンとなすのカレーをつくっていたら、その手順ひとつひとつをあなたはそばで見ていました。真っ白なたまねぎをじっくり炒めてアメ色になるのを、楽しそうに眺めていましたね。かつて、あなたがやっていた手順です。今はきちんとした料理も難しくなりましたね。久しぶりに、自分が料理した気分でしたか？
　そろそろ、そのカレーを食べ始めていますか？

多くの人に支えられながら、それでも夫婦の暮らしを楽しむ今が、少しでも長く続きますように。

　僕の悩みからすれば、きれい事にすぎるよね。
　まあ知人のイベントへの協力としては仕方ないのです。
　イベントでは小さな女の子や男の子が、お母さんへの思いを一生懸命に。
　僕の手紙の朗読も、みんなが真面目に聞いてくれていました。
　でも、参加者の最年長かあ、傷つくなあ☺☺。

でっけえ魚だいなあ
2018.5.16

　知人の旦那さんが新潟で釣ってきた50センチ以上の真鯛を2匹ももらってしまいました。
　よって今日の実家の夕食用に1匹持参。
　かといって、じっくり料理している時間はなし。午後7時半には、仕事の打ち合わせで僕の自宅に来客があるのです。
　こんな時は、「真鯛の姿煮」に限ります。ウロコと内臓だけ取って、しょうゆ味のだし汁でサッと煮るだけ。別にコンソメ味のスープでもなんでもいいのですが、僕が淡いしょうゆ味の煮汁が好きだから。
　食器兼用の土鍋を持って行ったのですが、実家のIHコンロでは使えないことを忘れていました。そこで卓上コンロを引っ張り出して料理。なんとかなるもんです。
　後は、食卓に土鍋ごと置くだけ。
　鯛は刺身よりも、煮たり焼いたりして加熱したほうが味わいが増しますよね。
　それに、なんと言っても、豪華極まりない「丸ごとドドーン」です。

「おお、でっけえ魚だいなあ。なんだやあ、こらあ」
「鯛だい。釣ったばっかの真鯛は、魚の王様だい」
「なっから身が詰まってらいなあ。ホクホクしてうんめえや」

「そうだいねえ。あたしは初めて食べたよ」

　初めてってのは大袈裟だなあ。

「おめえ、まっと食えや。せっかく息子が持ってきてくれたんだからよお」

「ああ、もらってるよ。あれ、たけっしゃん、ご飯食べないんかいね。あたしのを半分やろうかねえ」

タイの姿煮に舌鼓のふたり

　母親はいつもの夫への憎まれ口を忘れていました。鯛の味に気が向いていて、憎まれ口をたたく余裕がなくなっているのです☺☺。

　いつもこうなら、いい老夫婦なのにね。

　ふたりが夢中になって食べている間に、あしたの朝食用のおかずつくって、みそ汁つくって、米研いで。

　食べ終えた食器洗って、薬を飲むように言って。

　もう午後7時だ。スタートしなきゃ来客に間に合わない。

「たけっしゃんよお。湯にへえれや。着替えは置いといたからよお、ひとりでへえれらいなあ」

「そうしな。その後で、あたしがへえるから」

「年子さんは昼間にデイサービスのセンターでへえったがね」

「あれえ、そうかね。知らなかったいねえ」

　毎日のこととはいえ、疲れるなあ。このやりとり☺☺。

　僕が帰ってしまえば夫婦2人だけ。いつものバトルが展開されるのでしょうが、知ったことか。仕事しくじってまで、責任持てるかあ！

やっぱり無理だよなあ　　　　　　　　　　　2018.5.23

　落ち込むことって多いですよね。老親介護の日々って。

　朝、実家へ行って、まずトイレのチェック。水で流しているかどうかで

す。ついでに掃除。

　台所のチェック。食べ終えた食器を流しに置くことまではできますが、洗い物は無理。それを洗って拭いて食器棚に収めて。

　ゴミ箱をチェック。「○○日　健さん（あるいは年子さん）朝のくすり」のメモと薬の空袋があるかどうか。時として空であるべき袋に薬が残っていたりします。

　平日朝は、９時にデイサービスの車が迎えにきます。「腰が痛いから、今日は休む」と必ずだだをこねる母親を送り出すのです。

　畑に行こうとする父親に「水筒にすべてえ水を入れといたい。**一緒に持ってぎない。これっからあ、水いっぺえ飲まねえとよかあねえやい**」。

　小学生相手のようです。

　自宅と実家の往復１時間を含めて２時間。それから仕事に戻るのです。

　夕方は、ふたりの夕食と翌朝の朝食の支度。風呂にお湯をためて「**たけっしゃんよお。湯にへえれや**」。

　こんな感じで入浴、食事、後片づけ、その他と約３時間。時代遅れの仕事人間の僕には「前向きな作業」とは言えません。

　合計１日５時間から６時間。この間、仕事にならずイライラは蓄積する一方。

「僕はいったい何してるんだろう」

　これが長い期間続いてきているため、以前は優しかった「親への口調」も、厳しいものになりがち。

　介護に欠かせない「トンチンカンな展開を受け入れる。その展開を楽しむ」という精神的余裕がなくなってきています。

　じゃがいもの収穫と袋詰めをする父親、台所を自分なりに掃除しようとする母親。一度洗った食器を食べ残しの食器だと思い込んで再び洗い始める母親。

　袋詰めが農協のルール通りにできず、出荷できなくても、流しの掃除が「無駄手間」でも、「**おお、よくできてらいねえ**」と、彼らを肯定する対応を自分に強いています。

そうやって「ふたりがごきげんでいることが大切なんだ」と。
　でも、彼らに費やす時間が長くなればなるほど、遅れに遅れる仕事。
「このままいったら、しまいには……」
　どうしても、悲観的、いえいえ絶望的な気分になってきます。
　ましてや、ごきげんだと思った母親が、昨晩は僕が帰った後で父親と大喧嘩。
　僕が帰った後で、様子を見に行った叔母さんがそれに出くわして、仲裁に入ったとのこと。
　なんのために無理してふたりに調子を合わせているのやら。

「ふたりの要望を入れて、同居させてみたけど、やっぱり無理だよなあ。認知症の夫婦の暮らしなんて。医者の言うとおりだよなあ」

暴言を抑えるための仮説　　　　　　　　　　　　　2018.5.25

　母親による父親への暴言を抑える方法はないか。状態の安定のための仮説を立ててみましょう。
「父親がなんでもかんでも母親の言いなりになる」
「母親の言い方にムカッときても、ともかくは無視して話題をそらす」
「母親の口撃が長引いたら、目の前から姿を消す」
「無駄手間になってもいいから、母親に家事をさせる」
　こんな対応で、症状が安定しやしないかと仮説を立てるわけです。
　事実、昨晩は退院後始めて、翌日用の米を研ぎました。それで、その後はどうやら平和だったようです。
　考えれば当たり前のことですが、「自分にはもうできることがない」という不安、いえいえ恐怖感は大変なもののはずです。だから、何か「役割」を担ってもらうことが一番大切なことではないでしょうか。
　今夜も夕食中にスイッチが入ってしまい。大荒れに。
　まあ、息子が台所を乗っ取ってしまったのですから無理もないことかもね。
　サラダ、和え物と並べて、ビールついでやって、目の前でコシアブラの

天ぷら揚げて。こちらは一生懸命にやってるのですが、それがかえってよくないのでしょう。

　自分の仕事を取り上げられた悲しさとでも言ったらいいでしょうか。

　その反動で、なんか口にしないと我慢できないのでしょう。「主婦の矜持」が残っていると言うべきか。

「このサラダは半分別の皿に入れて、あんたたち夫婦のおかずにすりゃあいいがね」

「天ぷらも持ってけえりゃあいいがね」

　これを食事のたびに毎日毎日、食事の間ずっと言われると、カリカリくるのです。

「ああ、じゃあ半分持ってけえるべえ」

　というセリフの代わりに言い放ってしまうのですよ。

「年子さんよお。ちゃんとふたりのぶにい出してるんだい。おらがちのぶには、家にあらあ。こらあ、ふたりが全部食べていいんだい」

　息子に反論された母親。イライラのはけ口を父親に。これはいつものパターンですね。

「だいたい、たけっしゃんが平気な顔して食べてんのが気にくわねえ」

「息子に『早くけえって、かみさんと晩酌しな。後は俺がやるから』ってどうして言えねえんだい」

「あたしゃあ、あんたのことがだいっきれえなんさ。息子にまいんち料理つくらして平気なんかい」

　また出たあ。これだもんなあ。

　母親は泣いてわめくは、父親は「おめえが泣いてたってしゃああんめえ。せっかく息子がつくってくれたんだから、笑って食やあいいがな」

「そうやってヘラヘラ笑うからきれえなんだよ」

　この繰り返しで、父親の顔にも「怒り」の色が。

　これはいけない。

「たけっしゃんよお。もう飯食ったんべ。居間に行ぎない。年子さんがおさまんねえやい」

　父親は黙って台所を出ました。この行動ができるあたりは、このところの彼の症状の安定ゆえのもの。

さて、母親をどうおさめるか。

　ラッキーなことに、村内の知り合いである同年代の女性が煮物を持って訪ねてきました。

　この人に台所に座ってもらって、しばしおしゃべり。

　すると予想通りさっきの「大荒れ」は嘘のようにおさまっています。

　まるで修羅場を見かねて駆けつけてくれたかのようなご近所さん、助かりましたよ、本当に。

　この後、いつものように叔母さんが様子を見にきてくれて、4人でお茶を飲みつつ、つい30分前の嵐が嘘のように、のどかな空間に。

　僕と叔母さんが、戦場を後にしたのは午後9時すぎ。

　ベッドに入った2人とも、このまま朝まで熟睡してくれることを祈るのみなのです。

徹底検品、父親のために　　2018.5.29

　おとといの日曜のことです。父親がじゃがいもを出荷している直売所も土日は書き入れ時です。

　朝の8時前に実家へ行ってみると、まだ袋詰めができていません。

　実はきのう、袋詰めをすべてほどいて「じゃがいもの検品」をしたんですね。

　ひと袋に10個ほどのじゃがいもですが、中には傷がついていたり発育不良などの「商品にはならない品」が。

　父親はそれを判別できなくなっているのでしょうね。自分の手作り作品ですから愛着があって、不良品に見えない、あるいは分かっちゃあいるけど捨てられないのかもしれません。

　とはいえ、ひと袋に1個でも傷物があれば、棚に並べたって、店員さんにはじかれてしまいます。

　もっと怖いのは「木部さん、もう出荷は無理じゃないですか」という引退勧告を突きつけられること。JAさんも本音ではそうしたいところだろうなあ。

　でもそうなったら、本人の心身の「心」にとってよくないし。僕にとっ

ては「朝、実家に通わなくてもいいかも」の意味で楽になることは確かなんですけど、それじゃやっぱりまずいんです。

そこで、農業の素人の僕が、父親にダメ出しせざるを得ないのです。

「そんなくれえの傷、かまうこたあねえやい」

そう言う父親をなんとかなだめながら、綱渡りの気分で、13袋ほど詰め直して直売所へ。

母親のほうは、エプロンつけて掃除機かかえて居間を掃除。なんか主婦らしきことをしています。

台所を見れば、きのうまではできなかった食器洗いができています。これは大変な進歩だなあ☺。

「自分にとって、やるべきことがある」

これは老若男女誰にとっても一番の生きがい。母親がごきげんなのは無理からぬこと。

脊柱管狭窄症で腰痛のやまない彼女ですが、できる限り家事の一部を担当してもらうことが欠かせない「治療」なのでしょう。

ジャガイモの袋詰め

そんな具合にきげんがよかった母親。夕方は、ともに仕事帰りの僕とかみさんがふたりのもとへ。

やっぱり「他人」たるかみさんが混じると、母親の愛想がいいこと！

夕食終えて、父親が入浴して。

「これなら、**今夜は大丈夫だなあ**」

殴ってねえ、こうしてくれた　　　　　　　　　　2018.5.31

　朝、実家へ行くと、母親の左手首に包帯が。
「どうしたんだやあ。転がったんか？」
「別に、転がったんじゃないんだけど、すりむいて血が出てるから、包帯巻いたんだよ」
　ゆうべ、自宅のどこかで転んですりむいたか、はたまた「別のアクシデント」か……。
「どこでひっくりけえったんだやあ？　ゆうべ、俺がけえった後だんべえ」
　まあ、母親からの返答ははっきりしません。
「もしや……」
　悪い光景が頭に浮かんだ僕は、父親を問いただしました。
「たけっしゃんよお、ゆうべかけさ、年子さんがひっくりけえらなかったきゃあ」
「ひっくりけえりゃあしねえよ」
「だって手首が擦りむけてて、血が出てらあ。なんにもなくて、あんなになりゃあしないがね」
「そうっきゃあ」
　そんな父親が、ようやく言い出しました。
「ひっくりけえったんじゃあねんだい。年子があんまりしゃじけたことべえ言うから、こうしてくれたんだい」
　右手で、なんだか相手を振り払うような動作を。
　やっぱり大立ち回りがあったんだなあ。まさか殴ったか？
「ぶん殴ったんか？」
「そんなことしねえやい。俺がにらんだら、おっかねえ顔してこっちいくるから、手で追っ払っただい。そしたらよろけて、どっかにぶっつけたんだんべえ」
　殴ってないって本当かなあ。
　幼い子ども同士が殴り合いのけんかをしたのに、大人には「僕、ぶってなんかいないよ」と言い張るように聞こえなくもなし。

母親も「転んだ」とははっきり言いません。

「まあ、とにかく医者に行って診てもらうべえ」
　医師の所見では、こすれた傷で、殴られたり蹴られたりしたものではなかろうとのこと。
　まあ、なんとなくホッと。
　とはいえ、やっぱり２人っきりになるとバトルが展開される。これが日常茶飯事になっていることは間違いなし。
　何か対策を講じなければ。
　常にけんかしているわけじゃなし。夫婦で笑顔でお茶飲んでる時は、穏やかな夫婦そのもの。じゃがいもの袋詰めしている父親の横で雑草取りをしている時なんざあ、ごきげんそうで、僕も思わず**「年子さん、ご精が出ますなあ」**と声をかけてしまうほど。

　なのに、すぐにまた夫への波状「口撃」が始まるんだからなあ……。
「なあ、たけっしゃん。年子さんの憎まれ口が出たら、とにかく目の前からいなくなってくんない。あれだけ言われりゃあ、俺だってぶん殴りたくならあ。だけど、それえやっちゃあおしまいだい。年子さんを入院させなくちゃなんなくなるがな。せっかく家にけえってきたんだからよお」
　僕の訴え、父親に理解できますかどうか。

なごやかにお茶する時はいい雰囲気

シビアに、でもほめておだてて　　　　　　　　2018.6.5

　日曜日の朝、実家へ行ってみたら、直売所に出荷するじゃがいもが33袋。
「きのうの夕方、じゃがいもを選別しておいてよかったなあ」
　前日に行った際にはやはり30袋近くあったのですが。ほとんどの袋に1個か2個、不良品が混じっていたので、一度全部の袋を「ぶっちゃばいて」不良品を除いておいたのです。
「こっちのいいいもを袋詰めしない！　まずいぜえ、傷んだもんなんがへえってるとよお」
「なんだやあ、こんなちっちぇえ傷でもだめなんきゃあ。これなんかちっとんべ黒くなってるだけだい。切り取りゃあ、食えるがな」
　まあ、何度言ってもだめだいねえ。不良品を取り除かなくてはならないのは当然ですが、徹底することで父親のやる気がそがれては元も子もありません。さじ加減が難しいところですね。

　それでも、僕は農業の素人ですから、選別も十分じゃありません。直売所の棚に並べる段になって、「まだ不良品が1個へえってるがなあ」の袋が6つ。もちろん、出荷せずに持ち帰り。
「こんなくれえでもだめっきゃあ？」
「もってえねえけど、だめだい。ほれ、ここが黒くなってるだんべ」
「そうっきゃあ。おらあ分かんねえやい」
　父親は納得しないものの、「不良品はダメよ」のルールにはしたがってくれるので、僕としてもやりやすいんです。
「たけっしゃんよお。きのう置いた大根6本が全部売れてらあ。あんなでっけえやつが130円だから、売れらいなあ。あしたからも大根掘るべえ」
「そうだいなあ。大根はうまくいきそうだい」
　じゃがいもは前日の10袋が5つ残り。父親がしょげちゃうところですが、大根の完売はよい刺激になったことでしょう。
「袋から出したいもも、もってえねえやいなあ。わりいところを切りゃあ

食えるんだからなあ。捨てねえでよお、知り合いにくれてやるべえ。俺もいっぺえ持ってけえらあ。友達にくれてやりゃあ、みんな大喜びだい」
「そうっきゃあ。じゃあ、いっぺえ車に積んでってくれや」
「ああ。たけっしゃんのつくったじゃがいもは、とびっきりうんめえとさ」

じゃがいもの一部が腐っているものは、袋からはじけばいいのですが、たけっしゃんを腐らせちゃあいけません。とりあえずは出荷の検品はシビアにいきますが、あとは「ほめて、おだてて」の徹底ですかな☺。

日曜日ですから、昼食の支度をしなくては。
この日は午後2時から某団体の年次総会で講演。午後6時から友人のお祝い宴会。その合間に食事の支度を。
乾麺が残っているので、それをゆでて盛りうどんに。「こ（群馬が誇る豪華な薬味文化の名称）」は、おろしたやまいも、いんげん・にんじん・たまねぎのかき揚げ、刻みねぎ。
「たけっしゃんと年子さんよお。昼はうどん食べてくれや。『こ』はかき揚げととろろとねぎだい。つゆは鍋に入ってらあ。ふたりだけでちゃんと食えらいなあ？」
こう言い残して実家を出ましたが、内心は「ちゃんと食べられるかなあ」と不安でいっぱい。まあ、毒になるものはなし。なんとでもなるでしょう。
高崎の自宅に戻ろうと車で走り出して5分ほど。
「まずい。たけっしゃんの昼の薬を食卓に置くのを忘れた」
慌ててＵターン。
「健さん、昼のくすり」とメモ用紙に書いて薬を食卓に。
こうしても飲み忘れることがあるものの、たいていはなんとか飲めています。

夕食はこの日が休日のかみさんが行ってくれました。
やはり息子ではなく「他人である」かみさんが行くと、母親のわがまま三昧がおさまるので、いいことですね。

「他人がそばにいれば、暴言はおさまる」
　これは仮説ではなく、具体的現象だね。

「病院にへえるっきゃあ？」 　　　　　　　　　　2018.6.7

　母親による父親への暴言は、まあ「箸の上げ下げまで気にくわない」のレベル。横で聞いてりゃあ、笑い話なんですが、繰り返し言われる本人とすればたまらんでしょうなあ。
　おとといの夕食の際にも、幼児レベルの暴言、と言うよりワガママ発言を連発。
　もちろん本人には「悪口を言っている」意識はなし。
　僕に対しても、
「あたしゃあ、家事も炊事も、後片づけもなんでもできる。あんたがたまにくるけど、もうこなくて大丈夫だよ」
　文字にすればたいしたこともなし。むしろ、母親による息子への気遣いととれなくもなし。
　でもねえ、これを毎日、何回も何回も言われると、僕も正常じゃあいられなくなるのよ。
《忙しい中をきてるんじゃねえっきゃあ。仕事犠牲にしてよお。あんたが炊事も家事もできねえから、まいんちきてるんだい。どうして「まいんち世話になってすまないねえ」とか「ごちそうさま」って具合におとなしくしてられねえんだい》
　こんな言葉が喉まで出かかってくるわけです。
　父親への口撃が続くし、それで父親がかわいそうだと思うほど僕は親に優しくないのですが「ああ、うっとうしい」的なイライラ感が募るのです。
　それで、こらえきれずに口にしてしまうのです。
「じゃあ、あしたからきなくっていいんきゃあ。腹が減って飢え死にしそうだと思ったら、電話かけてくんない」
　これくらいは控えめなほうで、おとといの晩はこんな言葉も。
「年子さんよお。そんなに文句ばっか言うんじゃあ、つまんなかんべえ。もう１回病院にへえるっきゃあ？　たけっしゃんと家で暮らすより、入院

のほうが楽しかあねえかい」
　一瞬、顔色が変わったように見えました。もっとも、3分後には忘れているでしょうが。

　とはいえ、母親の「早く帰りない」の言葉にしたがうのも、ひとつの方法かもしれません。
　炊事という「長年の任務」を息子に奪われた寂しさは相当なものではあるはずです。
　満足な炊事や家事ができないにしてもですよ。
　ここは、彼女の言うとおりに夕食の途中で帰ってみましょう。
　服薬、後片づけ、翌朝用の米研ぎなど、ほおってみましょう。
　もしかしたら、主婦復権の意欲に燃えた彼女がうまくこなすかもしれません。
　できなくたってもともと。朝食のご飯が炊けてなくたって、戸棚には「2分でご飯」がいっぱい買ってあるしね。なんとでもなるでしょう。
　彼女の言い分を可能な限り聞いてやることで、彼女の言動が改善するか。これも僕たちには貴重な実験です☺。

農家の嫁のプライドを
2018.6.10

　で、まあ、母親の「早く帰れ」の言葉に従って、両親の夕食途中に、翌朝のおかずもつくったことだし、高崎に帰ることにしたのが3日前の木曜。
　その翌日の金曜朝、実家へ行ってみると、バラックで夫婦がそろってじゃがいもの袋詰め。
　その光景だけを見れば、この60年変わらぬものかもしれません。老いた夫婦による談笑しながらの作業は、のどかさにあふれています。
「このじゃがいもは、ちょっと傷んでるよ。やっぱりあたしが見ないとだめだいねえ」
「秤がなっから汚れてらいねえ。あたしが拭くからタオル貸しとくれよ」
　農家の妻としてのプライドを誇示するかのようなセリフ。そんなプライドを満たしてやることで、もしかしたら「彼女の問題」が少しはおさまる

かも。そんな期待をいだかせる笑顔じゃないですか。
「年子さんよお、秤がなっからきれいになったいなあ。さすがに農家の嫁60年のきめ細かさだいなあ」
　ほめることは大切です☺。
　僕が父親を車に乗せて直売所に行ってきた後、デイサービスの迎えがきても、いつもは「腰がいてえから、行がない」とぐずるのに、素直に車に乗り込んだほど。
　父親への暴言も僕が見た限りではおさまっている感じなんですね。
　金曜は午後から夜まで、僕の自宅では「僕のパソコンの師匠」がきて、デスクトップとノートの両パソコンの点検整備と、ある資料の作成に熱中していました。
　そんな中で僕は午後4時半に彼をひとり残して実家に夕食の弁当を届けに。
「パソコン屋さんがきてくれてるから、すぐにけえんなきゃなんねんだい」
　そう言って、弁当を置いて、翌朝のおかず2品つくって、彼らが夕食を始めないうちに帰ってみました。
　これもどうやら奏功したみたいで、土曜朝も母親はごきげん。
　この日は、僕の中学校時代の友人が埼玉と千葉から「一杯やりに」高崎にくる予定あり。しかも「その日帰り」のため宴会が5時スタートとあって、両親とまともな会話もなし。
　午後3時半に弁当を届けてと簡単に朝食のおかずをつくって、高崎に。
　なんとか平穏に過ごしているようです。

　日曜朝、父親と直売所にじゃがいもを出荷。前日出荷の20袋が13袋売れていました。6本置いた大根は完売。
　帰ってきて母親に「じゃがいもがよく売れてらあ。年子さんがわりいのを分けてくれたお陰だいなあ。大根は完売だい」と言ってやると、彼女もごきげん。

　仕事に戻る前に、昼食用に乾麺をゆでて丼に。冷凍エビを解凍してエビ

天に。ジャガ天も揚げて、うどんの上に。

　めんつゆを鍋に用意して、「**鍋のめんつゆを温めて、丼の天ぷらうどんにかけてくんない。今日は涼しいからあったけえうどんがいいだんべえ**」のメモを添えて。

　ついでに、ゆうべの残りのチラシ寿司も片づけてくれえ。

　できるかなあ☺。

僕がやらかした「失敗」　　　　　　　　　　　2018.6.11

　今夜は、母親相手に失敗をやらかしました。

　母親はここ数日ごきげんで、この日の朝も比較的素直にデイサービスへ。

　僕は今日午後が大学の授業。それを終えて「最短ルート」の大学→関越道前橋インター→藤岡ジャンクション→上信越道藤岡インター→実家へ。

　ちょうどデイサービスからの帰宅と同着。風呂にも入りごきげんの母親。居間で父親と叔母さんと談笑です。

　僕は台所で、きゅうりの和え物、おろしたやまいもの磯辺揚げ、魚と野菜と豆腐の炒め物の準備。磯辺揚げは、ふたりが和え物を食べ始めたら揚げれば、グッドタイミング。

　平穏に見えた食事が突然暗転。「**たけっしゃんの昼ご飯づくりにきてもらっているヘルパーを断れ**」と、母親の口撃が始まりました。

　後々考えれば、自分の城たる台所に家族以外の人が入ることへの抵抗はかなりのものでしょう。「あたしがつくる」の一点張り。できる状態ではないのに。

　このあたりは「理路不整然」の真骨頂ね。でも本当は、彼女の心情を酌んでやらなければならなかったのです。

　なのに、僕も父親も真正面から反論してしまいました。

「**年子さん、あんたが台所仕事はまだできないし、デイサービスに行っていていないからヘルパーさんを頼んでいるんじゃねんかい**」

　こう言われた母親はおさまりません。一度火がついた口撃はとどまることを知らず、延々と。

後で考えりゃあ「そうだいなあ。年子さんがけえってきたんだから、ヘルパーはいらねえやい。来週から断るべえ」と受け流せばよかったのかも。数分後には忘れているでしょうから。
　でも修行ができていない僕は、「理路整然」的対応をしてしまいました。
　おさまらない母親は料理が入った皿を父親に投げつけようと。僕が抑えましたが、これも今思えば、投げさせてやったほうが彼女のストレス解消になってよかったのかもね。
　後で掃除すりゃあいいんだし。

「たけっしゃん、飯はもういいだんべ。湯にへえれや。ここで２人が顔突き合わせてりゃあ、いつんなってもおさまんねえやい」
「ああ、そうするか」
　台所から出て行こうとする父親に、母親は「どこ行ぐんだい。ぶっとばしてくれるから、そこにすわんな」の罵声を。
　さすがにムッとして母親につかみかかろうとする父親。
「いいから、湯にへえりない」
　居間に移り、父親が風呂から出てきても、母親の怒りは燃えさかる一方。若い頃からの不満を並べるばかり。
《やっぱりたけっしゃんに芝居ぶたして、謝らせるか。なんだったら今やってもらうか》
　風呂上がりの父親に僕は言いました。
「なあ、たけっしゃん。謝ることがあると思うんなら、ここで年子さんに手えついて謝ってみない。『俺がわがんまで悪かった。これっからは仲良く暮らしていぐべえや』ってよお」
　どうかな？と思ってたら、たけっしゃん、畳に膝ついて両手ついて謝り始めました。彼に謝るべき点があるかどうか、僕には分かりませんが。とにかく土下座謝罪の姿勢です。
《よっしゃあ、たけっしゃん、あとひと息だい。『俺が悪かった』って言ってみない》
　ところが、ここが昭和ひとけたなのよ。
　彼の口から出てくる言葉を冷静に聞けば、彼の表情や姿を見れば、言わ

んとするところは「完全謝罪」なのですが、文字にすると「**おめえ、いつまで怒ってたってしゃあああんめえ。息子に呆れられるぜ。俺が悪かったから、仲良くすんべえや**」なのですよ。これじゃあ「相手を諭してる」感じですよね。いきり立っている母親には謝罪に聞こえないわ。

もちろん、完全謝罪したって、年子さんはなんのかんのと「理路不整然」を並べ立てるだけのような気もしますがね。

結局叔母さんにＳＯＳして飛んできてもらいました。２人以外に、僕と叔母さんの２人がいると、母親は「にこやかな老婦人」に大変身するのです。

１時間ほど４人でお茶を飲みながら世間話を。その末に、２人は寝床に。

さて、母親のワガママ言動を抑えるために、あしたからは別の実験をしなくてはならないなあ。

一筋の光明が　　　　　　　　　　　　　　　　2018.6.12

失敗をやらかした明くる日。この日は「こんな日ができるだけ続けばなあ」といった感慨にふける１日に。

母親は月イチの病院診察。血圧やや高め。心電図異常なし。医師の問診は、もっぱら担当医師さんと僕の会話。

今日から、治療薬として「**レミニール**」に加えて「**メマリー**」も併用することに。

薬を待っている間に訪問ヘルパーさんの事務所に電話。今日の昼食づくりの訪問をキャンセルしました。

「急なキャンセルで申し訳ありません。実は、ゆうべ『あたしがいるんだから、もう訪問ヘルパーさんはいらない』などと母親の大立ち回りがありまして。彼女からすると、家族以外が台所に入ることに抵抗があるのでしょう。まあ、普通の主婦感覚ですね」

「なるほどねえ」

「平日はデイサービスで、昼食時間帯はいないんですが、今日は月イチの

病院です。これから家に連れて帰ります。ゆうべの今日なので、ヘルパーさんにきていただかないほうがいいような気がするもんですから」
　そんなやりとりで、ヘルパーさんをキャンセル。

　帰りの車中で、突然母親が泣き出しました。
「あたしがこんな始末だからみんなに迷惑かけて。生きてる価値なんかないやねえ。死んじまったほうがいいやいねえ」
　何かの拍子にこの言い方ができます。
　テレビドラマあたりだと「そんなことないよ。母さんがいるだけで……」といったセリフが息子の口から出るのでしょうが、理屈屋で口先だけの慰めが苦手な僕からは、さほどに優しい言葉が出ません。
「まあ、ちっとんべっつよくなってぐだんべ。元気になりゃあ、いいこともあるさね」
「そうかねえ……。でも、そうだいねえ。みんながこんなによくしてくれるんだから」

「死んじまったほうが……」の言葉の背後には、どんな思いが潜んでいるのでしょうか。現実に「死にたい」わけではないでしょう。なんらかの意思を発信したくて「死にたい」になっているはずです。
　何と、何と、何が満たされれば「死んじまったほうがいいやいねえ」ではなく、「生きているほうがいいやいねえ」になるのか。彼女の「心の叫び」を聞き取ろうとするのではありますが。まあ、現実には難しい問題です。

　とはいえ、こんなしおらしい時がチャンスだ、と僕は思いました。
「そうだい。だからよお、たけっしゃんと喧嘩するんはやめない。ここんとこ、たけっしゃんが年子さんに一生懸命尽くしてるんは、分かるだんべ？」
　どこまで通じるかなあ。

　スーパーで弁当を３つ買って実家で昼食。母親はシャケ弁当のシャケを

半分切って父親に。父親は唐揚げ弁当の唐揚げをひとつ母親に。

　当たり前の夫婦の光景です。

　僕は午後から某新聞社の某企画の打ち合わせへ。

　夕方5時前に実家に行くと、居間にいた2人が立ち上がります。2人とも笑顔で。

「おめえ、きてくれたんきゃあ。今夜はうどんでもうでて食おうと思ってたんだい」

　父親が言います。

「あたしがうどんをうでるからね。あんたはなんにもしなくていいよ」

　母親は意欲的です。

《こりゃあ、任せたほうがいいなあ》

　前日の失敗の反省もあり僕は台所の隅で傍観者。

　母親は大鍋で乾麺をうでるは、父親は小鍋でじゃがいもを煮るは。夫婦仲良く夕食の支度。叔母さんも加わり、いい雰囲気です。

「たけっしゃんねえ、このうどんはもう上げてもいいんかねえ」

「年子よお、じゃがいもは、まっと砂糖入れたほうがいいかなあ」

　おいおい、新婚夫婦じゃあるめえし、ゆうべの大立ち回りはいったいなんだったのよ。

　ただ、母親を落ち着かせる実験のひとつの成果は出たかもね。

　彼女のプライドの尊重というか、やるべき役割を持ってもらうということ。「認知症になったらもうお手上げ」ではなく、「認知症？　だからどうした。今日も元気だ」の生き方の追求ね。

　これが奏功したか。1日や2日じゃあ、分かりませんが、一筋の光明が差し込んできた気分であることは確かなのですよ

ざるにとったうどんを冷水でしめる

☺。

　年子さんは、ゆで上がったうどんをザルにとり、叔母さんが大皿に。父親は自分で煮たじゃがいもにご満悦。

　こりゃあもう、僕も叔母さんも入って4人でうどんをすするしかないでしょう。

「**おお、年子さん、たけっしゃん。うんめえうどんだいなあ。じゃがいももうんめえやい。甘さがちょうどいいやい。たけっしゃん、料理できるじゃねえっきゃあ。年子さんも、もう大丈夫だいなあ**」

　褒め殺し屋の僕の賞賛に満足そうな両親。

　文句のつけようのない、穏やかな1日でしたわ☺。

夫婦でうどんをツルツル

ベテラン農夫の意地　　　　　　　　　　2018.6.16

　じゃがいもが終わった父親は、次にたまねぎを出荷しました。

　最初は大玉4個を1袋にして売れ行き不振でした。

「**ほかの人もいっぺえ出してるから、たまねぎは売れねえやいなあ**」

　ところが、ベテラン農夫の父親は販売戦略を練り直して、12〜13個を1袋に詰めて出荷。ボリュームと安さの同居で勝負に出ました。

これが奏功して、売れ行きは上向きに。けさ直売所に行ってみたら、前日の6袋は完売。
　今日も6袋並べてきました。
「たけっしゃんなあ。あしたは日曜だからよお、10袋ぐれえ並べたらどうだやあ？」
「ああ、そうすんべえ」
　だから、直売所からの帰り道も饒舌です。
「梅雨だから、しばらくはこんなはっきりしねえ天気かあ？」
「そうだんべなあ」
「このあたりも、みんな麦刈ったなあ」
「ほれ、あっちのほうじゃあ田植えやってらい」
　自然や農作業への関心は衰えを見せません。

　帰ってくると、きのう買ったトウモロコシを母親が電子レンジでチンしようとしています。
　2人とも朝食は手つかず。
「ちょうどいいやい。モロコシと買ってきたバナナでも食やあ十分だんべ。みそ汁もあるからよお」
「ああ、それでよかんべ」
「俺がゆうべ用意したサラダと焼きジャケは昼飯に食っとくれえ」

　実は、さきほど訪問ヘルパーさんに、今日の訪問をキャンセルしました。ヘルパーさんの訪問で、母親の心の中にさざ波が立つようです。火曜日もドタキャンしたのですが、土曜日のこの日もお断りして、夫婦2人の昼食にしたほうがよかろうという僕の判断です。
「年子さんよお、電子レンジで5分でいいんきゃあ」

たまねぎを大きな袋に入れて

たまねぎがいっぺえあらあ

「ああ、それで食べ頃になるがね」
「じゃあ、食ってんべえ」
　僕はひとっかけかじってみました。
「ほんとだ。やっこくなってらあ。それに、なっから甘えやなあ、このモロコシはよお。こらあ食えるぜ」
「そうだいねえ。家に持ってけえりゃあいいがね」
　母親はごきげん。
　まあ、日々腫れ物にさわるようなもんですが、「レンジでチン」とはいえ、自分の腕で、おいしい品ができたことは、母親の精神状態にとってすごくプラスに働いているようですね☺☺。
「たけっしゃん、三島様の畑にモロコシいっぺえまいたいなあ。こんなんがまいんちとれるようになるんきゃあ。こりゃあ楽しみだいなあ」
「おらがちのモロコシは９月だんべ。そしたらまいんち直売所に持って行げらあ」
　そうですかい。そしたら、僕はまいんち朝っぱらからきなきゃあなんねえのかよお。

涙ぐましい「役者」だいね　　　　　　　　　　　　2018.6.21

　きのうはこんなことが。
「たけっしゃん、直売所に行ぐんかい？　靴が泥だらけじゃないかいね」
「そうっきゃあ？　畑で草むしりしてたからよお」
「脱ぎないね。あたしが洗ってやるから」
　朝はたいてい「腰が痛い」「ご飯食べたくない」「デイサービスにゃあ行がないよ」と言う母親ですが、きのうは朝からごきげん。
　家の玄関先で夫の靴を洗います。
「やっぱり妻だいねえ。年子さんよお。夫の靴の汚れが気になるんかい？」
「当たりめえさね。こんなに汚い靴じゃあ笑われるがね」
　畑の泥で汚れた父親の靴を、実は僕も洗おうと思いましたが、グッと抑えて知らんぷりしてました。
　母親が気づいて、なんかアクションを起こさないか期待しながら。

その期待は見事に叶えられました☺。
　母親が鼻歌まじりで夫の靴を洗い始めたのです。
　その様子を見た父親もうれしそうです。
「**靴洗ってくれるんきゃあ**」
「ああ、やっぱし、あたしがやんなきゃあ、ダメだいねえ」
　この瞬間は仲良し夫婦です。

　今日も母親のごきげんさは継続。朝実家へ言ったら、朝食の食器も洗いずみ。
「庭の草もむしったし、台所も掃除したんさ」
「おお！　年子さん、台所がなっからきれいになってらあ。やっぱり、男の俺じゃあ、ここまではできねえやいなあ」
　ところが、よく見れば、ゆうべとけさの薬は手つかず。黙ってても、これが飲めりゃあなあ。
　それでも、一瞬真顔でこんなことを。
「あたしが、たけしゃんにえばってんのは分かってるんさ。いげねえと思ってるんだけどね」
　調子がいいと、こういう冷静な思考も浮かぶのですね。
「年子さんよお、その通りだい。えばるんも『夫婦の愛情表現』だからなあ。年子さんが心底甘えられるんは、たけっしゃんだけだし。思いをぶつけるのはいいんだけどよお。もうちっと、おさえなきゃあ、たけっしゃんもやってられねえぜ」

　デイサービスの車に乗る際に「**たけっしゃん、今日は暑いんだから、アイスクリームでも買っときなよ**」と言い残した年子さん。
　父親が昼過ぎに電動自転車で近所のコンビニに行って、アイスクリームを買ったようです。午後5時すぎ、母親と僕は、ほぼ同着。
　居間に落ち着いたら、父親がアイスクリームを並べます。
　役者が徹底してきたたけっしゃん、涙ぐましい努力だなあ。
　この人はほんとにかみさんが好きなんだね☺。
　母親は、デイサービスの模様を30分も語ります。いつもは、その日の

デイサービスの模様など忘れてしまっているのに。もちろん、今日の出来事ではないかもしれませんが。
　でも、語ること自体は初めてのことではないかとも。
　それに、けさ、米を研いで水の分量を間違えたこともはっきりと覚えていました。
　4合の米に5合分の水が入っていたんです。これじゃあ、かなりやわらかいご飯になってしまいます。だから年子さんに言って、水を減らしてもらって炊飯器にセットしました。このことを、覚えていたのです。
「ご飯、ちゃんと炊けてたっけ？　たけっしゃんの昼ご飯は大丈夫だったかい？　けさ、あたしが水の分量を間違えたからねえ」
　おいおい、いつになくよく覚えてるじゃねえかい☺☺。短期記憶の欠如はどうしたんだい。

誰だって「生きる気力」なしには　　　　　　2018.6.30

　なんとか彼女に「役割」を担わせたい。生きる気力という言い方をしても、決して大げさじゃないと思います。
　嫁いでから60年続けた、いえいえ、独身時代からカウントすれば80年近くにもなる農作業。ただ、これは当面難しいでしょう。ではなにがあるのよ。
　家の中の掃除や片づけ、洗濯、そして食事の支度。庭の草むしり。満足いくレベルにはできないでしょう。でも、できる限りでいいじゃないですか。
　あてがいぶちの食事。平日のデイサービス通い。毎日きてくれる妹はじめ、友人や近所の知人との語らい。これだけじゃあ、生きてる張り合いがない。だからといって、今の自分には……。
　さらには、病への不安です。
「今日、デイサービスでやってきたこととか、昼ご飯に何を食べたとかが、思い出せないんさ。みんな忘れちまうんだいねえ。頭の中がおかしくなってるんじゃないんかい？」
　僕たちとお茶しながらも、彼女は毎日口にします。

「だから、だんだんよくなるように、デイサービス行ったり、病院行ったり、まいんち薬飲んだりしてるんだがね」

僕たちは笑いながらやりとりします。全員が胸の内の不安を押し隠しながら。でも、不安が一番深刻なのは、ほかならぬ年子さんです。

だから年子さんは、自身の胸の内の葛藤を、夫への暴言や、僕とか叔母さんへの「あたしゃ、生きてる価値がない。死んじまったほうがいいやいねえ」発言という形で、周囲に発信しているのでしょう。

「あたしのつらさを分かっておくれよ」

そう言いたげに。

1年半前を思えば、驚くほど安定している夫のたけっしゃんが、妻を見ている時につらそうな表情になることがよくあります。食が進まない時があります。それは彼の心情を物語っているのでしょう。

そんなたけっしゃんが、農作業に熱中し、人前では笑顔を絶やさず、さらには年子さんの言動に正面から向き合っていることに、僕は驚きを感じています。

「この人、こんなにできた人間だったっけなあ？」

だからこそ、なんとかふたりに「生きる張り合いを！」なのです。

1年ぶりの炒め物だ

昨日の夕食。和え物2品と小ぶりの焼き魚を用意した僕は「足りないかな」と思って、余ったマグロブツになす、たまねぎ、ブロッコリーを切ってまな板の上に。台所に入ってくるなりそれを見つけた年子さんは「それは炒めるんかい？あたしがやるよ」と。

「そうっきゃあ。じゃあ、やってくんない。そこにフライパンがあらあ」

僕は台所の片隅に。年子さん、1年ぶりの炒め物です。

これは、僕も座って食べないわけにはいきません。
「おお、うんめえやい。いいじゃねえっきゃあ」
「そうかい、味が濃いかねえ」
　たしかに、炒めている時に、塩もしょうゆも入れすぎです。でも黙っていました。好きにしてもらったほうがいいさ、今夜は。
「うーん、塩としょうゆを、ちっと控えりゃあ、まっとうんまくなるかな。でも、1年ぶりだい。明日はよくなるだんべ」
「だったら、あんまり濃くないところを食べりいな。そのブロッコリーなんかを」
「ああ、そうだいなあ」
　たけっしゃんは、自分が飲んでいたビールの缶を持って、新しいグラスに注ぎます。
「ほれ、まだビールが残ってらあ。おめえが飲みゃあいいがな」
　妻の笑顔がうれしいんだね。

「おらあ、これでけえらあ。片づけと、明日の米研ぐんは、年子さんに任せらあ」
　そう言って、車に乗り込んだ僕。エンジンをかけたら、向こうから年子さんが見送りにきました。
　1年ぶりの炒め物の後だけに、会心の笑顔です。
　この笑顔が明日からも続くなどとノー天気に考えているわけじゃありません。でも、ひとつの可能性を感じずにはいられないのですよ。
《自分にとって「できること」がある。自分の存在価値があることを明確に意識する。それがプラスの効果をもたらしている。そんなことってないかなあ。だっ

1年ぶりの炒め物の後は会心の笑み

て、みんなおんなじ人間だものね》

両親の介護に一喜一憂する日々、ちょっと期待してしまう僕がいます。

つい先日、こんな光景がありました。

年子さんは農家の嫁ですから、まだまだ「畑に出たい」気持ちは衰えていません。彼女は自宅に帰ってきてからも、叔母さんに車に乗せてもらって畑の様子を何度か見に行っています。

でも一番の希望は、この60年余続けてきたように「夫とふたりで畑を耕すこと」なのでしょう。口先では夫に暴言を吐きながらも、心の底は夫や農業への思いにあふれているのです。

それを痛切に感じているのは、ほかならぬたけっしゃんでしょう。

息子を笑顔で見送ってくれました

ある日、たけっしゃんは年子さんを畑に連れて行きました。

車を運転できない彼がどうやって？

答えは簡単です。昨年春に僕たちが買ってあげた超軽量リヤカーがありますが、その荷台に年子さんを乗せて畑に行ったのです。

なんともほほえましくて、同時に、ちょっとせつない光景です。

長年ふたりして軽トラックで通った畑です。そこへ向かって、リヤカーの荷台に妻を乗せて「よいしょ」っと引っ張っていく夫。

「ほれ、これに乗れば畑に行げらあ」

「そうだいねえ。だけどたけっしゃん、くたびれねえかい？」

「リヤカーもおめえも、かりいやい。おおごとじゃねえやい」

これが認知症の夫婦なのでしょうか。僕は叫ばずにはいられません。

「認知症、だからどうした？」「今日も元気いっぺえだい！」

そんなふうに。

「たけっしゃん、年子さん、押してやらあ」
　僕はリヤカーを後ろから押しました。いい年をしたオジサンの僕が、涙ぐんでいる顔を見られないように下を向きながら。
「おお、すまねえなあ。助からい」
　60年近く前、たけしゃんがリヤカーを引いて、幼い僕が荷台に乗って「父ちゃん、頑張れ」と叫んで、年子さんが後ろから押して……。
　そんな、今と同じような光景が、目の前にくっきりと浮かんできました。

エピローグ

幸せに満ちた「成熟社会」に向けて

　2018年6月の「母の日イベント」でふれた、ユネスコ「世界の記憶」登録の「上野三碑(こうずけさんぴ)」のひとつである「山上碑(やまのうえひ)」は、奈良時代が始まる前の681年、長利さんというお坊さんが、亡き母親を供養するために建立した石碑です。1300年以上たった今日でも、その思いが薄れることはありません。
　イベントで読んだ「母への手紙」ですが、実は最後にこんなくだりがあります。

　　僕は年子さんとたけっしゃんとの暮らしを日記につづってきました。
　年子さんやたけっしゃんが認知症と向き合いながらも、できる限り楽しく暮らしている。それを周囲の大勢の人が支えてくれている。そんなことを書き続けています。ふたりの笑顔の写真もケータイでたくさん撮っています。
　それが1冊の本になればいいなあとも思います。
　本は、山上碑と同じように、いつまでもその形が失われません。
　ですから、そんな本は、間違いなく「わが家の山上碑」なのです。
　年子さんやたけっしゃんという人がいたことを、僕やかみさんがいたことを、何百年も先の人が目にするかもしれません。1300年先の人に読んでもらえたらいいなあ。ちょっと心躍りませんか？

　僕たちの未来社会は、どうなっているでしょうか。特効薬が開発されて、

認知症なんてなくなっているかもしれません。うーん、それは大げさすぎる期待でしょうか。ともかく、高齢者介護の環境は激変しているでしょうね。

今の日本だって「人生100年のために」などと言っています。平均寿命はいったい何歳になっていることでしょうか。健康寿命も延びているでしょうか。運転免許を返納しても、たけっしゃんや年子さんのような人がひとりで車に乗り込み「病院に行っとくれ」と語りかければ、「了解しました」と返事をした車が道に迷うことなく連れて行ってくれることは間違いなし。

そんな環境の中で、どうしていったら「人間がいくつになっても人権や自由を守られ、ひとりひとりが生きがいを持って暮らしている社会」になるか。そこが一番気になる点です。

それを考えたくて、「木部さんちの山上碑」を「建立」したのですから。

この碑には、20年以上も肩を組んで様々な本を世に送り出してきた盟友・杉山尚次言視舎社長の力があったことを刻んでおきます。ありがとうございました。

人は年齢的な衰えから逃れようもなし。たけっしゃんも、年子さんも、僕も、かみさんも、誰もがみんな背負う宿命です。でも、「いくつになっても、自分自身にできることを続けていく」という暮らし方が楽しいことは疑いようもなし。

世の中の誰もが、そうやって生きていければ、「超高齢社会」は「深刻な問題だ」と頭をかかえるものではなく、「幸せに満ちた成熟社会」を意味する言葉になることでしょう。

難しい理屈はさておき、親子でそんな暮らしを求めて生きてみることにします。多くの人たちの手を借りながら。そして、時に手を貸しながら。

木部克彦

[著者紹介]

木部克彦（きべ・かつひこ）

1958年群馬県生まれ。新聞記者を経て文筆業・出版業。明和学園短大（前橋市）客員教授。「地域文化論」「生活と情報社会」などを講義。群馬県文化審議会委員。食・料理・地域活性化・葬送・社会福祉などの分野で取材・執筆。企業経営者・政治家をはじめ、多くの人たちの自分史・回想録出版も数多く手がけ「自分史の達人」と評される。

【主な著書・編著書】

『群馬の逆襲』『続・群馬の逆襲』『今夜も「おっきりこみ」』『ラグビーの逆襲』『情報を捨てる勇気と表現力』『ドキュメント家庭料理が幸せを呼ぶ瞬間』（以上言視舎）『高知の逆襲』『本が涙でできている16の理由』（以上彩流社）『捨てられた命を救え～生還した5000匹の犬たち』（毎日新聞社）『トバシ！～小柏竜太郎くんは絵を描くことをトバシと言う』（あさを社）ほか

装丁………佐々木正見
DTP制作………REN
編集協力………田中はるか

※この日記の続きは、Facebookで読めます。「木部克彦」で検索。

【群馬弁で介護日記】
認知症、今日も元気だい
迷走する父と母に向き合う日々

発行日❖2018年7月31日　初版第1刷

著者
木部克彦

発行者
杉山尚次

発行所
株式会社 言視舎
東京都千代田区富士見2-2-2　〒102-0071
電話03-3234-5997　FAX 03-3234-5957
http://www.s-pn.jp/

印刷・製本
中央精版印刷（株）

©Katsuhiko Kibe, 2018, Printed in Japan
ISBN978-4-86565-125-6 C0036

言視舎刊行の関連書

増補改訂版
群馬の逆襲
日本一"無名"な群馬県の「幸せ力」

木部克彦 著

978-4-905369-80-6

ユルキャラ「ぐんまちゃん」が2年連続3位になっても、やっぱり「群馬」は印象が薄く、地味？ 群馬県民はみんな不幸？ もちろんそんなことはありません。無名であるがゆえの「幸せ」が、山ほどあるのです。その実力を証明したのがこの本。群馬本の古典！

四六判並製　定価 1400 円＋税

続・群馬の逆襲
いまこそ言おう「群馬・アズ・ナンバーワン」

木部克彦 著

978-4-905369-46-2

笑って納得！群馬をもっとメジャーにする方法。群馬にはこんなに日本一レベル、世界レベルがあるのに、アピールが足りません。そもそも群馬はスゴイってことが、あまりに知られていないのです。前作では紹介しきれなかったオモロイ話、土地の魅力・底力満載。

四六判並製　定価 1400 円＋税

群馬の逆襲3
今夜も「おっきりこみ」
どんどんレパートリーがひろがる最強のレシピ

木部克彦 著

978-4-905369-77-6

カラー・ビジュアル版、群馬県は郷土食「おっきりこみ（うどん）」で食分野の逆襲です！「おっきりこみ」が天下無敵である理由＝作り方があまりに簡単！ 具と汁の味の組み合わせで300種類もの豊富なメニューがあるから、困ったときの「おっきりこみ」となる。

A5判並製　定価 933 円＋税

情報を捨てる勇気と表現力
情報洪水時代の表現力向上講座

木部克彦 著

978-4-86565-056-3

いらない情報をどうやって見抜くか、捨てる勇気をどう育てるか。文章の書き方、しゃべり方等の表現力を磨けば、自分自身の価値観を持つことができ、情報に振り回されない。自分の価値観をもつと生き方もラクになる。

四六判並製　定価 1600 円＋税

家庭料理が 幸せを呼ぶ瞬間
忘れられないわが家の味

木部克彦 著

978-4-86565-094-5

泣けます、笑えます！ 食育の原風景がここにあります。だれも書かなかった家庭料理の活用法を紹介。家で料理する、それだけで、ただのカレーが、どこにでもある卵焼きが、平凡な煮物が感動の一品に変わる瞬間を活写。すべて実話

四六判並製　定価 1600 円＋税